FAKE

Titre original : *Fake It Till You Break It*
Première publication par Swoon Reads, une division de Feiwel and Friends et Macmillan Publishing Group, LLC

Collection New Way dirigée par Dorothy Aubert
Ouvrage dirigé par Dorothy Aubert
Couverture par Laetitia Kalafat

Pour la présente édition :

34-36, rue La Pérouse
75116 - Paris
www.hugoetcie.fr

ISBN : 9782755641646
Dépôt légal : juin 2019
Imprimé en France par CPI Brodard et Taupin - N° d'impression : 3033825

JENN P. NGUYEN

FAKE

roman

Traduit de l'anglais (États-Unis)
par Pauline Vidal

Hugo Roman
New Way

À mon père,
mon plus grand fan.
Tu me manques chaque jour.

Con thương bố nhiều lắm.

MIA

S'il y a une chose qui me réjouit dans la vie c'est que les mariages arrangés n'existent plus vraiment. Du moins pas à Hempstead, Texas.

Enfin, je suis également contente d'être en vie et que ma mère soit heureuse et en bonne santé, tout ça... Et aussi que mes cheveux aient cessé de frisotter tous les matins, car il me faut chaque fois au moins vingt minutes pour les dompter.

Et aussi que le hachis parmentier du lundi ait disparu des menus du lycée. Ou plutôt le hachis parpaing du lundi, car je ne sais pas trop comment ils s'y prenaient, mais leur viande était plus dure qu'une pâte à modeler qui aurait traîné une semaine au soleil. Un des grands mystères de la vie. Enfin délivrés de cette horreur...

Quoi qu'il en soit, ça craint de ne pas pouvoir quitter le campus avant la terminale, l'année prochaine. Mais là, tout de suite, je suis particulièrement soulagée par cette histoire de mariage arrangé, alors que ma mère tire sur mon tee-shirt pour dixième fois et que j'essaie de l'entraîner vers la porte.

– Sérieux, maman, si on ne part pas tout de suite, je vais rater la première heure de maths et en être pénalisée toute l'année. Il faudra alors que je quitte l'école et je me retrouverai à vivre à tes crochets le reste de ma vie.

Les doigts crispés sur son poignet, je l'attire vers la sortie. Du moins, j'essaie. Mais c'est comme vouloir déplacer un énorme rocher. Ou me sortir du lit un dimanche matin.

– Rien que toi et moi. Plus la douzaine de chiens que je vais adopter. Gros, baveux, poilus.

Mes menaces ne semblent pas la déranger.

– On a le temps. Et d'abord, pourquoi portes-tu encore ce tee-shirt ?

Ses doigts courent sur ma manche gauche comme si elle essayait d'en effacer la couleur mauve.

– C'est vrai, Mia. Je t'achète sans cesse de jolis vêtements, mais tu ne les portes jamais.

– Précise que tu m'achètes sans cesse de jolis vêtements *bleus*. Tu sais que je déteste le bleu.

– N'importe quoi ! Personne ne déteste le bleu. C'est la couleur du ciel. Tu détestes le ciel ?

J'y lève les yeux avant de me libérer en croisant les bras.

– Oui, je déteste le ciel. Il fait partie des quatre choses que je déteste le plus au monde, avec les glaces, l'herbe fraîche et les chiots. Surtout les mignons petits corgis qui aiment gambader sur les pelouses. Dommage.

Elle hausse le sourcil gauche.

– Tu ne devrais pas être sarcastique si tôt le matin. C'est mauvais pour la digestion.

– T'inquiète. Il y a une promotion sur des gélules pour le transit, cette semaine. Je vais en acheter, avec une bonne dose de Red Bull et des piles pour recharger tes énergies.

En guise de réponse, elle pousse un grand soupir, comme si tous les problèmes du monde lui tombaient sur les épaules. Ce ne doit pas être facile de m'avoir pour fille. Phrase qu'elle me répète chaque semaine.

Tout en me délectant du triomphe d'avoir eu le dernier mot, je saisis les clés dans sa main.

– Si tu n'es pas dans la voiture dans deux minutes, je pars sans toi.

– Excuse-moi ? lâche-t-elle, les mains sur les hanches. Qui est la mère, ici ?

– Je me le demande tout le temps.

Pour être honnête, je ne déteste pas le ciel. Ni les glaces ni les corgis. Il faut être un peu fou pour détester ces animaux. Cela dit, l'herbe fraîche attise mes allergies, alors je m'en méfie. Mais je ne déteste absolument pas la couleur bleue. Au contraire, je l'adore, seulement hors de question d'en porter. C'est la faute de ma mère qui passe son temps à m'en acheter – aussi bien en chouchous qu'en boucles d'oreilles, socquettes ou sous-vêtements. Tout ça parce que c'est la couleur préférée de *Jake*.

Fichu Jake Adler. Le numéro un sur ma liste noire. À cause de lui, je préférerais porter une robe d'herbe fraîche que du bleu. À jamais.

Quand on parle du loup...

Depuis la maison d'en face, Madame Adler l'entraîne dans notre direction, l'air déterminée. D'un coup, je comprends mieux pourquoi maman ne voulait pas partir tout de suite. Je presse le pas.

La corvée du lycée n'en est que plus assombrie, maintenant que nos mères ont décidé de nous y emmener ensemble. Toujours ensemble. Quoi qu'il arrive. Il ne leur suffit pas de nous réunir pour les vacances en famille, pour les brunchs du dimanche, jusqu'aux rendez-vous chez le dentiste. À présent, elles ont organisé nos trajets scolaires ensemble, également.

La semaine passée, on a réussi à y échapper en se réveillant à des heures différentes, mais nos mères ont vite compris. Au point d'en devenir nos propres alarmes. La mienne finissait par me passer de l'eau froide sur le visage. Rude, mais efficace. Encore heureux qu'elle ne me l'ait pas carrément versée dessus. Elle n'avait sans doute pas envie d'avoir à mettre mes draps à sécher tous les jours.

Les pieds de Jake traînent si fort sur l'asphalte que j'imagine déjà les semelles de ses baskets complètement râpées. Maman, elle, pousse un petit cri qu'elle tente aussitôt de masquer en un éternuement.

– Oh, mon Dieu ! J'avais complètement oublié mes projets avec la mère de Jake, aujourd'hui. Je ne vais sans doute pas pouvoir t'emmener au lycée.

Dans un regard noir, je m'adosse au coffre de ma voiture.

– Wouah ! Et juste le jour où ta caisse est au garage, comme par hasard !

– Ce n'est pas ma faute s'il a fallu remplacer les freins, s'écrie-t-elle avec un grand geste. Tu crois que je suis contente qu'ils soient défectueux et renvoyés à l'usine ? On a de la chance de ne pas avoir encore provoqué d'accident. Tu pourrais te trouver à mon enterrement en ce moment même.

Facile de voir d'où je tiens mes dons pour le théâtre. Je ne crois pas un mot de ce qu'elle dit. Je lui rends quand même mes clés.

– Ouais... et quand est-ce qu'elle pourra rouler, déjà ?

Lentement, délicatement, elle écarte une mèche de son visage.

– Oh ! Ça pourrait prendre toute la journée. Ils vont sans doute vouloir faire une vérification complète. Juste au cas où. Mieux vaut être prudent.

– Si tu as besoin qu'on t'emmène, Mia, Jake se fera un plaisir ! lança Madame Adler en grimpant sur notre trottoir.

Les mains dans les poches, son fils la suit, les cheveux encore humides ondulant en boucles brunes dans sa nuque et sur son front. Elle a dû le sortir de force de la douche pour débarquer au plus vite.

– En plus, il pourra te ramener, ajoute-t-elle.

– Ce ne sera pas forcément un plaisir, soupire Jake.

– Sans compter que je préférerais y aller à pied, dis-je entre mes dents.

Néanmoins, les oreilles ultrafines de maman m'ont captée.

– Si c'est ce que tu veux. Ça te ferait de l'exercice, après avoir traîné à la maison tout le week-end.

Ouille ! Le coup bas. Pourtant, j'aurais juré que je devais mes poignées d'amour et mes joues rondouillardes à ses gènes. Tout le monde nous répète qu'on se ressemble comme deux gouttes d'eau. Chose qu'elle adore entendre.

– Au fait, Mia, tu es a-do-ra-ble, aujourd'hui, lance Madame Adler en donnant un coup de coude à Jake.

De l'autre main, elle joue avec la sangle de son grand sac cabas, en bandoulière. Les breloques métalliques de son porte-clés SeaWorld, acheté lors d'un voyage à Orlando il y a quatre ans, se balancent dans tous les sens.

– N'est-ce pas qu'elle est jolie ? ajoute-t-elle.

Comme il hausse les épaules, elle lui balance un coup de coude encore plus vif, jusqu'à ce qu'il réplique en grimaçant :

– Comme d'habitude.

Maman joint les mains.

– C'est siiii gentil !

Elle appuie sur le « si » exactement comme Madame Adler, à croire qu'il s'agit d'un mot de deux syllabes.

– N'est-ce pas que c'est un joli compliment, Mia ?

– Je ne sais pas s'il faut le prendre comme un compli... Aïe !

Au tour de maman de me balancer un coup de coude entre les côtes.

– Enfin, oui, merci...

Croisant le regard de Jake, je lève les yeux au ciel en même temps que lui. On les voit venir à des milliers de kilomètres !

Je ne sais plus trop qui a eu la première cette idée folle que Jake et moi étions destinés l'un à l'autre. Quoique, je serais prête à parier qu'il s'agit de maman. Depuis qu'elle est devenue organisatrice de mariage, elle ne fonctionne qu'autour du mode idylle amoureuse.

Chose qu'elle et Madame Adler poursuivent avec la même passion en ce qui nous concerne. Elles y mettent une énergie étouffante, du genre à faire fondre une glace en deux secondes. Au point que Jake et moi ne supportons même plus de nous retrouver ensemble dans la même pièce.

Sauf que notre dédain réciproque ne représente qu'un accroc mineur dans leurs rêves de devenir nos futures belles-mères.

Après tout, selon maman, il faut bien que quelqu'un se sacrifie.

Tout en frottant ma taille encore douloureuse, je me redresse.

– On y va. Il faut que je retrouve mon groupe de chimie avant le cours.

Avec un large sourire, Madame Adler passe un bras sur l'épaule de maman.

– Bien sûr ! Tu ne dois pas arriver en retard. Jake, mon chéri, tu devrais mettre le sac de Mia dans la voiture.

– Hein ?

– Son. Sac.

– Elle a des bras après tout, pourquoi je devrais... aïe ! Maman !

Tout en se frottant le genou d'une main, il s'écarte d'un pas boitillant pour ne pas recevoir un deuxième coup de talon noir.

– Donne-moi ton sac, marmonne-t-il.

– Non, ça va, dis-je en reculant.

– Passe-le-moi, insiste-t-il à mon oreille. Avant que je me retrouve à l'hôpital avec une jambe cassée.

Je le lui tends à contrecœur, puis me dirige vers sa voiture garée de l'autre côté de la route.

– N'importe quoi !

On n'échange plus un mot avant de nous retrouver assis à l'écart de nos mères. Il démarre et saisit le côté de mon appui-tête tout en s'éloignant de l'allée.

– C'est moi, ou elles pourraient gagner un concours des mères les plus relou ?

Je m'affaisse sur mon siège, relevant les genoux pour les bloquer sur le tableau de bord. Pas besoin de le rapprocher car sa position convient déjà parfaitement à mon mètre soixante-trois. J'occupe plus souvent cette place qu'au volant de ma propre voiture. Les coussins doivent avoir pris la forme de mes fesses, depuis le temps. Je finis par répondre :

– Il faut dire que la subtilité n'a jamais été leur fort. Ce doit être pour ça qu'elles sont si proches.

– C'est vrai. Ça, et leur passion pour le thé vert.

Il allume la radio, mettant fin à ce petit moment de trêve.

Parfois, je me dis que maman a besoin d'un nouveau passe-temps. Tricoter. Faire du jardinage. Collectionner des pièces rares de monnaie. Tout plutôt que de jeter sa fille unique dans une relation arrangée avec Monsieur Je-sais-tout.

Il me regarde comme s'il savait ce que je pense de lui.

– Au fait, tu as de la confiture sur la joue gauche.

Sans doute une trace des prunes du petit déjeuner. J'aurais préféré de la pêche, mais il n'y en avait plus.

– Je la garde pour le goûter, dis-je, l'air impassible.

Il se détourne en grimaçant, se frotte vigoureusement la nuque.

Je dois faire appel à toute ma volonté pour ne pas éclater de rire – bien que mes lèvres s'étirent malgré moi. Je tourne la tête vers la fenêtre afin qu'il ne s'aperçoive de rien.

J'adore son obsession de la propreté depuis l'âge de huit ans. Je n'y peux rien. C'était un gosse trop bizarre, qui alignait ses petites voitures sur une étagère, par tailles et par couleurs, avec interdiction à quiconque de les toucher.

Alors, je m'amusais à les mélanger pour le rendre fou. Au point qu'il finissait par les cacher dans sa chambre avant de la fermer à clé.

C'est aussi l'année où on s'est trouvé nos petits noms – Mac Ouille et Bouboule. Bien que celui que je lui ai attribué m'ait toujours valu une punition quand un adulte m'entendait.

La vie est trop injuste.

Il baisse sa vitre et le vent s'engouffre dans ses cheveux, faisant danser ses boucles sur ses oreilles. Du bout des doigts, il tambourine sur le volant.

– À quelle heure tu finis, aujourd'hui ?

Je croise les bras.

– Pas besoin de me ramener. Je demanderai à quelqu'un d'autre.

– T'inquiète. Je dois tenir le magasin quelques heures, le temps que Monsieur MacArthur aille chez le dentiste. Je pourrai passer te prendre ensuite. De toute façon, je ne resterai pas entier si je rentre sans toi.

– Bon, fais ce que tu veux.

– Je sais, maugrée-t-il en se garant dans le parking du lycée, tu t'en tapes de ce que je veux. Comme toujours. Alors, six ou sept heures ?

Après avoir saisi mon sac sur la banquette arrière, je quitte la voiture.

– Disons sept heures et demie.

– Ça fait super-tard !

À son tour, il sort, me rejoint en soupirant et se plante devant moi, mine de rien.

Surprise, je recule un peu, mais ça ne l'empêche pas de tendre la main... pour la passer au coin de ma bouche. Sans me laisser le temps de réagir, il essuie la confiture sur ma manche.

– Ouf ! explique-t-il en secouant la tête, ça m'obsède depuis qu'on est partis.

– T'es complètement taré, dis-je en m'écartant.

Il adresse un signe à Aly qui nous attend sur le banc du parking.

– Alors, à sept heures et demie, lance-t-il tout en s'éloignant.

Je reste plantée sur place, encore abasourdie, quand Aly vient me rejoindre :

– C'était quoi ?

– Rien. Il est toujours aussi débile.

Je ne peux m'empêcher d'effleurer le coin de ma bouche de mes doigts.

MIA

Mon regard s'attarde sur la scène où Lyndon Whitmore, l'actrice principale, chante ses souvenirs d'un voyage en famille sur le fleuve, puis se met à danser, légère comme une gazelle. Sa voix s'élève, puissante et claire, à travers le cabaret à moitié vide. Je prends des notes sur ses attitudes, sa façon de tenir la tête. J'essaie même d'imiter sa moue, tout en sachant que je n'y parviendrai jamais. Pas tant que je ne pourrai lui voler sa voix comme dans *La petite sirène.*

Parfois, je déteste les gens qui ont du talent.

Enfin, mon timbre n'a rien de désastreux, malgré les railleries de Jake qui dit que les corbeaux croassent mieux que moi. À sept ans, j'ai pris des leçons de chant qui ont coûté beaucoup trop cher à maman, tout ça pour m'apprendre à mieux articuler. Mais comment Lyndon s'y prend-elle ? Ça semble lui venir sans effort. Comme si elle buvait un verre d'eau. Ou faisait du vélo. Encore que ceci soit une très mauvaise comparaison dans la mesure où je n'ai jamais appris à en faire. Apparemment, je ne possède aucun sens de l'équilibre et je n'ai pas l'oreille musicale. Jake a bien essayé de me donner des leçons quand on avait dix ans, mais ça a fini par tellement l'irriter qu'il m'a promis de l'argent si j'arrêtais. Les cinquante dollars les plus facilement gagnés de ma vie.

Une petite tape sur la tête vient m'arracher à mes pensées. Aly s'assied à côté de moi.

– Tes yeux vont te tomber sur les genoux si tu continues à fusiller Lyndon comme ça.

– Je ne la fusille pas, je... j'observais sa technique.

– Ah bon ? C'est pour ça que tu as l'air furax ?

Sans attendre de réponse, elle me tend sa tasse de café – lait et deux sucres inclus. Je la porte à mon nez pour en humer l'arôme exquis avant de pousser un soupir heureux. Je n'aime pas vraiment le goût du café, mais son odeur suffit à me combler.

– Merci, j'en avais bien besoin. La journée n'en finit pas. Chaque fois que je dois voir Jake, c'est pareil.

– Alors, c'est tous les jours. On devrait tous faire du covoiturage. Ça nous permettrait d'économiser de l'essence, de préserver l'environnement, et tout. Ou alors, tu pourrais prendre ma voiture et je ferai du covoiturage avec lui.

– Yak ! Pourquoi tu ferais ça ?

Elle remonte ses boucles couleur de miel en queue-de-cheval.

– Euh... parce qu'il est mignon ?

Pardon ? Haussant un sourcil, je tends la main vers son front. Frais comme un concombre. Elle n'est donc pas en plein délire.

– Tu dérailles ?

– Tu es aveugle ? rétorque-t-elle en écartant ma main. Il est adorable. Le mec le plus sexy du coin et qui ne s'en rend même pas compte, ce qui ne fait qu'aggraver les choses. Sans compter qu'il est trop gentil. Enfin, peut-être pas avec toi, mais avec moi, oui. Et avec tout le monde aussi. C'est Monsieur Sympa.

Je lui rends sa tasse avec un haut-le-cœur.

– Reprends-la avant que je vomisse dedans et te fasse perdre trois dollars.

– Quatre. J'ai ajouté une dose d'expresso et de lait. Enfin, tu as beau détester ce type, même toi tu dois reconnaître qu'il est plutôt agréable à regarder.

Agréable à regarder ?

Je me gratte la tête, sauf que je ne vois pas de quoi elle parle. Enfin, il a de jolis yeux noisette, surtout depuis qu'il s'est débarrassé de ses grosses lunettes pour des lentilles de contact. S'il ne les portait pas, il deviendrait pratiquement aveugle. Quand on était gosses, il me suffisait de lui voler ses lunettes pour gagner en jouant à cache-cache.

Et il est... grand ?

– Je ne dirais pas qu'il est sexy ni adorable. Ces mots, je les réserverais plutôt à quelqu'un comme... comme...

– Ben Grayson ?

Elle a beau s'efforcer de chuchoter, sa voix naturellement puissante retentit à travers la salle. Et, pour tout arranger, juste à un moment où les interprètes font silence.

Assis dans le coin de la scène, Ben discute avec Daniel, le directeur du théâtre. Il sursaute lorsqu'il entend son nom. Je dois lui faire signe des deux mains qu'il ne se passe rien, car je n'aurais pas su quoi lui raconter s'il s'était approché de nous.

L'air interloqué, il ne bouge pas mais me décoche un demi-sourire qui me met les genoux en compote.

Heureusement que je suis assise, sinon je serais sûrement tombée par terre.

Mes joues explosent, pourtant je lui rends son sourire tout en agrafant les feuillets du texte du deuxième acte, en vue de la prochaine répétition. Par chance, mes mains m'obéissent, car je ne peux me concentrer sur autre chose.

Je sais que je me comporte comme une idiote ; en même temps, il s'agit de Ben Grayson. Mais son nom de famille pourrait être « Parfait. » Du jour où ses iris chocolatés se sont posés sur moi, j'ai eu le coup de foudre, et ça n'a fait qu'augmenter ces derniers mois.

Il est en terminale, et le seul étudiant à se voir admis d'office à l'université de San Diego. Il aurait pu partir dans son nouveau campus dès le mois d'août mais, à la surprise générale, il a refusé. Tout ça pour passer le reste de son année à jouer les doublures de Leon MacDonald, le rôle principal de la comédie musicale.

Franchement, il aurait pu en être la star, seulement il voulait découvrir toutes les fonctions d'un théâtre, y compris celle de doublure. Il est comme ça. Perfectionniste. Et drôle. Beau gosse. Malicieux. Comme s'il se racontait des blagues, sans jamais les révéler.

Ouf ! Pour ainsi dire, l'homme de mes rêves.

Aly claque des doigts pour attirer mon attention.

– Arrête une minute de saliver devant Ben, ton idole va bientôt passer. Si tu veux parler à Lyndon, ça va être le moment.

Je me redresse sur mon siège en respirant profondément comme nous l'ont enseigné les professeurs de yoga de ma mère. Inspirez. Respirez. Inspirez. Respirez.

– Hé, Lyndon ?

Elle s'arrête à quelques pas, penchant la tête dans notre direction, les doigts fourrés dans la bandoulière de son sac.

– Oui ?

– Je me demandais... si tu pouvais... si tu voulais...

Mes phrases s'emmêlent tandis qu'elle reste impassible face à nous.

– Jeter un coup d'œil sur le texte pour la répétition de demain.

Elle tapote son sac.

– Daniel me l'a déjà donné.

– Oh, d'accord ! Alors on se voit demain.

– À plus tard.

Aly attend son départ avant de siffler doucement.

– C'était quoi, ça ? Je croyais que tu allais lui demander des tuyaux.

Je me tape le front sur le bord de la table.

– Je n'ai... pas réussi !

– Mais pourquoi ?

Parce que Lyndon est dans le coin, et plus je la regarde, plus je constate la différence qu'il y a entre nous. Jamais je ne pourrai être comme elle. Même pas essayer.

Il y a deux ans, sur un coup de tête, je m'étais portée volontaire pour faire l'ouvreuse dans un spectacle, histoire d'échapper à un nouveau dîner familial avec les Adler. Et voilà qu'à peine les rideaux ouverts, j'étais tombée amoureuse. Je ne me souviens pas du sujet de cette pièce, peu importe. Rien n'existait plus que les émotions qui m'ont envahie une fois assise là, et me bouleversaient encore longtemps après le départ des spectateurs et du personnel de ménage. Ma stupéfaction devant l'assurance des acteurs sur la scène. Mon excitation devant tous ces spectateurs qui buvaient chacune de leurs paroles, captaient chacun de leurs mouvements. Je me sentais comme chez moi.

J'avais trouvé le monde auquel j'appartenais. Mon univers. Je ne rêve plus que de monter un jour sur scène. Et si j'allais au bout de mes rêves, autant que ce soit à Broadway, quoique, à vrai dire, n'importe quelle scène puisse me convenir, à ce stade.

Parfois, une toute petite part de moi-même – cette horrible tendance au réalisme que j'appelle Cecily, comme ma tortionnaire en CM1, c'est-à-dire ma prof – se moque de moi. Il faut que je cesse de me faire des illusions. Je ne suis pas assez douée. Et je ne le serai sans doute jamais. Je risque de devoir m'en tenir aux corvées ingrates, ce serait sans doute l'apogée de ma lamentable existence. Il faudrait que je me contente de regarder le spectacle ou de distribuer des prospectus.

Heureusement, cette chère Cecily ne pointe le bout de son nez qu'une fois de temps en temps. Mais elle est de plus en plus bruyante, de plus en plus difficile à ignorer. D'autant que la terminale arrive à grands pas, avec le monde réel où je devrai affronter la réalité, abandonner ce rêve. Et me rendre compte que certaines choses ne sont pas à ma portée.

Cependant, je ne peux expliquer ce genre de chose à Aly. Juste me taper la tête plus fort contre la table.

JAKE

Au lieu de commander, le mec reste bloqué devant l'étalage des sauces, un doigt dodu tendu vers moi. Il se penche en plissant les yeux.

– Je vous connais, non ? Vous êtes une star de YouTube ou quoi ?

– Pas du tout, dis-je en baissant la tête.

Pas la peine qu'il me regarde de trop près.

– Vous êtes sûr ? Parce que vous ressemblez vraiment à un de ces types...

Bon sang, tu vas commander, oui ou non ?

– Tout à fait sûr. Alors, quelle garniture voulez-vous ?

Instinctivement, je désigne la laitue, car c'est en général ce que les gens veulent dans leur sandwich.

– Euuuh...

Il me dévisage encore une minute avant de hausser les épaules.

– Juste de la mayonnaise. Allégée, bien entendu. Vous savez si elle est sans gluten ?

Je me fige, dévisageant d'un peu plus près cette espèce de sumo aux cheveux noirs retenus en arrière par un bandeau bleu marine. Sa chemise paraît au moins deux tailles trop serrée. J'ai dû mal entendre.

– Euh, je sais simplement qu'elle est basses calories. Alors, juste la mayonnaise ?

– Oui, et pas beaucoup, dit-il en descendant l'index vers le pouce...

– Très bien.

Je presse le tube.

– Moins que ça.

Je ralentis aussitôt le mouvement, mais ça ne paraît pas suffire à cet abruti.

– Doucement ! Vous ne savez pas faire un bon sandwich ou quoi ?

Un bon sandwich ? Est-ce que ça vaut seulement la peine de faire la queue pour ce truc ? Et de le payer huit dollars quatre-vingt-quinze ? Parfois, j'ai horreur de ce boulot. Enfin, presque tout le temps.

Après tout, c'est son fric. Il le gâche comme il veut.

– Désolé.

Cette fois, j'étale une couche de mayonnaise si mince qu'on ne la voit plus.

– Pas trop tôt ! marmonne-t-il en regardant sa montre. Vous pourriez accélérer ? Il faut que j'y aille. Ajoutez juste un Coca avec quelques glaçons.

– Certainement. Vous pouvez passer à la caisse.

J'emballe ce sinistre sandwich et le transmets à Rose sans me faire prier. Content de la laisser se débrouiller. Je ne serais pas étonné qu'il lui demande de compter les glaçons.

Elle lui décoche un large sourire avant de se retourner pour lui remplir son verre. Et l'autre de cesser instantanément de faire la tronche, les yeux écarquillés de tendresse. Rose produit cet effet sur beaucoup de gens. Dommage qu'ils ignorent ce qu'elle pense d'eux la plupart du temps. Son visage angélique n'est qu'un parfait trompe-l'œil. À part moi, la seule personne qui la connaisse vraiment, c'est son frère, Greg. L'avantage d'être son meilleur ami.

Une fois le sumo parti, elle sort du four le plateau de cookies brûlants, dans un fabuleux parfum de chocolat chaud, puis elle enfourne le plateau de pain complet, règle le minuteur.

Bavant de gourmandise alors que je n'ai pas encore dîné, je prends un double cookie pour moi, me brûlant un peu la main au passage, mais ça en vaut la peine. En mordant dans l'onctueuse pâte, je me sens un peu moins irrité par ces clients et le peu d'argent que j'y gagne.

Rose se pose sur le comptoir métallique, et le bout de sa basket verte heurte le tabouret de bois entre nous.

– J'ai chopé des pass pour le festival de musique de Lakeshore, le mois prochain, pour Greg et moi. Il n'est pas trop tard pour t'inscrire toi aussi. Si tu veux, j'en parle à la coordinatrice. Il y aura plein de jeunes artistes, je suis sûre qu'on pourra t'avoir une place. Et même faire du covoiturage.

C'est la quatrième fois qu'elle en parle cette semaine. J'avale le cookie encore brûlant en secouant la tête.

– Non, maman est en train d'aménager le jardin et je lui ai promis de l'aider. Tu sais, avec des rochers, des arbres et plein d'autres trucs hyper-lourds.

– Bon, souffle-t-elle en sortant son téléphone, je vais demander à Greg de te convaincre.

– Attends ! Je croyais qu'on était amis !

– Tout à fait. Les meilleurs amis. Je t'aime encore plus que mon propre frère. Je fais ça pour ton bien.

Elle tapote quelques mots avant de ranger son portable.

– Voilà ! conclut-elle en souriant.

Aussitôt, mon appareil vibre dans ma poche, annonçant un message. Pas besoin de regarder l'écran pour savoir qu'il est déjà rempli de textos de Greg. Un vrai chien de chasse. Il ne lâche jamais rien. Et Rose le sait.

En même temps, elle me connaît. Mon excuse pour aider maman ne passe pas. Je m'en veux presque de ne pas avoir trouvé mieux.

Je lui balance ma serviette, attrape un autre cookie encore chaud.

– Je vais aller couper quelques légumes. On n'a presque plus de tomates. Surveille un peu la clientèle.

Là-dessus, je me dirige vers le frigo, à l'arrière du magasin, mais au lieu d'attraper la boîte de tomates sur l'étagère du bas, je m'adosse au mur métallique en soupirant.

Franchement, ce festival me tente beaucoup. Voilà une éternité que Rose parle de faire un reportage vidéo sur le sujet. Elle en a déjà réalisé pas mal pour dynamiser son CV. Elle ne rêve que de voyager et de faire partager son expérience à travers ses images. Quant à Greg, il ne songe sans doute qu'à rencontrer des filles. Perspectives qui me tentent autant l'une que l'autre.

Ce serait vraiment fabuleux de les accompagner. Paisible et relax. Écouter quelques nouveaux musiciens, profiter de l'eau avant qu'il fasse trop chaud. En d'autres circonstances, je n'aurais pas rêvé mieux. Avant le départ de Finn. Désormais, j'ai tiré une croix sur tout ça.

Mon téléphone retentit de nouveau, mais d'une autre sonnerie. Celle qui doit me prévenir de textos ou d'appels de Finn.

De toute façon, je sais que c'est lui. Il m'envoie toujours des messages à cette heure-là, depuis le paquebot. Réglé comme du papier à musique. Peu importe que je ne réponde jamais. Pourquoi le ferais-je ? C'est lui qui nous a laissés tomber à la fin du lycée, il y a plusieurs années. Sans pour ainsi dire un regard en arrière ni un geste envers maman ou moi. Aucun coup de fil. Rien durant presque deux ans.

Et voilà que, d'un seul coup, il veut nous reparler ? Maman lui répond chaque fois, moi jamais. Pour quoi faire ? Il a abandonné sa famille. Purement et simplement. Ce n'est pas parce qu'il se rappelle soudain l'existence de son frère que je vais devoir tout accepter.

Fourrant dans ma bouche le reste du cookie au chocolat, je m'essuie les mains sur mon tablier noir. Il serait temps de me remettre au travail avant d'aller chercher Mia. Ces tomates ne vont pas se couper toutes seules.

Deux heures plus tard, je manque brûler un feu rouge en filant vers le théâtre. Mince, je suis vraiment en retard.

Un soda à la cerise a explosé juste au retour de Monsieur MacArthur, si bien que je n'ai finalement quitté le magasin qu'à huit heures du soir. J'arrive sur un parking quasi désert et aperçois Mia en train de contourner la voiture de Carly, l'assistante du metteur en scène de la pièce. À la voir piétiner sur place, je pressens sa colère, d'ailleurs, on la voyait presque irradier de fureur.

Le sumo, l'explosion du soda et, à présent, ça... C'est compter sans ma chemise humide et poisseuse et mes cheveux certainement imprégnés de cerise. Je me suis précipité pour récupérer Mia, sans prendre le temps de me laver.

– Désolé, je t'ai fait attendre. On y va.

Croisant les bras, elle ne bouge pas d'un pouce.

– Tu as dit que tu serais juste *un peu* en retard. Si j'avais su que ce serait si long, j'aurais pris le bus.

– Sauf que j'aurais pu arriver encore plus tard, alors remercie-moi. Tu te bouges, maintenant ?

L'air toujours grincheux, elle finit par ouvrir la portière.

– Je trouve que je suis trop gentille avec toi. J'aurais dû te laisser repartir seul, tu te serais débrouillé avec ma mère et la tienne. J'aurais vraiment dû.

Ses airs de martyre m'exaspèrent.

– Tu as surtout peur que ta mère ne te lâche plus si tu ne rentres pas avec moi.

Elle plisse le nez, mais ne réplique pas. Satisfait d'avoir eu le dernier mot pour une fois, je me penche au-dessus d'elle, adresse un signe à Carly :

– Merci de lui avoir tenu compagnie.

Elle nous regarde d'un air compatissant, telle une baby-sitter devant deux gamins.

– Qu'est-ce que je ne ferais pas pour le petit ami de Mia !

Celle-ci me balance un coup d'épaule pour que je bouge, mais je fais exprès de rester sur elle, jusqu'à ce que je reçoive un coup de coude dans les côtes. Là, je reprends ma place en grondant.

– Tu sais qu'on ne sort pas ensemble, rouspète-t-elle en coiffant ses cheveux noirs devant le rétroviseur. Je n'ai pas si mauvais goût !

Carly éclate de rire avant de retourner vers sa voiture, faisant claquer ses boots noirs sur le trottoir.

– Je sais, répond-elle en rigolant. Pas pour le moment, du moins.

Du coup, je crie en manœuvrant pour me dégager :

– Jamais !

On ne dit rien pendant quelques instants, tandis que Mia continue de se coiffer. Et je finis par commenter :

– Elle est sympa. Un peu dingue mais sympa.

Mia se radosse à son siège en faisant la moue.

– Complètement dingue, tu veux dire ! Nous deux ensemble ? Arrête !

– Ça ferait comme si les hiboux et les faucons s'entendaient bien.

– Exactement ! Et c'est toi le hibou, bien sûr.

– Dit la fille à la coque de téléphone Harry Potter.

– Je te rappelle que c'est toi qui me l'as achetée !

– Juste parce que ma mère m'y a forcé.

Je prends sur la gauche pour m'engager dans l'allée du drive-in.

– Attends, il me faut un café pour tenir ma soirée devoirs. Tu as besoin de quelque chose ?

– Non, ça va.

L'interphone de la cabine se met à grésiller :

– Bonsoir. Vous désirez ?

– Je peux vous demander une minute ? dis-je en lisant le menu.

Qu'est-ce que je désire au juste ? Un truc sucré avec de la caféine. J'ai un exposé d'histoire qui m'attend, je ne sais pas par où commencer et, ce soir, je suis déjà épuisé.

Mia défait sa ceinture pour se pencher au-dessus de moi. Sa main gauche frôle mon bras tandis qu'elle se soulève par-dessus mes genoux et que ses cheveux effleurent ma poitrine. Nos visages se trouvent à quelques centimètres l'un de l'autre, au point que j'aurais pu compter ses cils. Je n'esquisse pas un geste pour la faire reculer.

– Oui, lance-t-elle, Donnez-nous un grand moka avec double dose d'expresso. Et deux petits pains aux myrtilles. Merci.

– Très bien. Passez au...

Alors là... J'avance jusqu'au point de retrait.

– C'était quoi, ça ?

Mia écarquille les yeux d'un air innocent. En vain.

– Attends, tu mets toujours des siècles à te décider. Tout ça pour commander toujours la même chose au final.

J'ai envie de discuter, sauf que sa commande correspond effectivement à ce que j'aurais voulu. Deux petits pains aux myrtilles. Ça m'embête de le reconnaître, mais elle a raison. Pas la peine de le lui dire pour autant. Elle est déjà assez exaspérante comme ça. N'empêche que je me demande comment elle a pu savoir avant moi ce que je voudrais.

Dans un soupir, je me frotte le bras à l'endroit où elle s'y était agrippée. Je trouve soudain qu'il fait trop chaud dans cette voiture, si bien que je mets la climatisation à fond, avant d'en orienter les ventilateurs sur moi.

Mia continue de parler comme si de rien n'était.

– Je ne sais pas pourquoi tu commandes toujours tout par deux alors que tu n'en manges pas la moitié.

– Peut-être que j'aime bien gaspiller mon fric.

– Tu es malade.

Je me contente de secouer la tête en ronchonnant. Elle voit bien à quoi je joue, mais ne comprend pas pourquoi. En vrai, je fais ça parce que sinon je ne mangerais jamais rien. Au bout de quinze ans d'expérience, j'ai appris à survivre avec une Mia dans les parages.

Il ne faut pas dix minutes pour prouver que j'ai raison ; la moitié d'un des petits pains aux myrtilles a déjà disparu. Et elle qui remue la tête au rythme de la chanson diffusée à la radio tout en l'effritant de la main gauche. Je ne comprends pas comment elle peut passer son temps à manger.

Deux miettes restent collées au coin de ses lèvres. Je le lui aurais bien dit, mais je ne tiens pas à souligner qu'elle est en train de se gaver. Je préfère avaler une bonne gorgée de café. Juste ce qu'il faut d'amertume pour compenser mon soda glacé de tout à l'heure.

Je ne trouve pas Mia toujours insupportable. Si nos mères ne cherchaient pas tant à nous réunir, on pourrait même devenir amis.

Peut-être.

JAKE

Du bout des doigts, je tapote à une cadence irrégulière sur le couvercle de mon portable.

– Greg, dis-je pour la dernière fois en soupirant, je ne viendrai pas. Si tu me le demandes encore, je bloque ton numéro sur mon téléphone.

Je l'entends ronchonner au bout du fil.

– Ça va. Ne t'emballe pas. Je voulais juste en être sûr, parce que si tu changes d'avis, ce sera trop tard. Tu sais, il faudrait peut-être encore que tu y réfléchisses cette nuit, avant de me...

– C'est bon, je raccroche.

– Attends, Jake, juste...

Clic.

J'éteins mon appareil au cas où il rappellerait. Si ce n'était pas le frère de Rose, je l'aurais déjà envoyé promener.

Rose et moi, on est devenus amis à l'école primaire. Comme on faisait partie des meilleurs élèves, on se retrouvait souvent en binôme.

Si bien que j'ai finalement fait la connaissance de son jumeau, Greg.

Enfin, il n'est pas si nul que ça ; au fond, je le considère comme un frère, lui aussi. Un petit frère agaçant qui ne retient l'attention de personne. Pas étonnant qu'il s'entende aussi bien avec Mia.

Coup de chance, les gens ne savent pas que la coordinatrice a déjà pris contact avec moi. Apparemment, elle est tombée sur notre page YouTube, il y a quelques semaines, et paraît super-déçue que les frères Adler n'existent plus, mais elle tient tout de même à me faire passer une audition. Je ne lui ai pas encore donné ma réponse. Il serait temps. Cependant, j'ai plein d'autres choses à faire.

Par exemple en ce moment.

Ma souris plane au-dessus de la touche « Supprimer » du compte YouTube, afin de m'en débarrasser une bonne fois pour toutes. Voilà un temps fou que j'ai envie de le faire, pourtant mon index semble se refuser à appuyer, aujourd'hui pas plus qu'hier. Pour un peu, j'aurais souhaité qu'à force d'éviter le site, le compte s'efface de lui-même.

Complètement nul. Comme moi. Ce n'est pas en gardant quelques vidéos de notre enfance que je ferai revenir Finn. Non pas que j'aie envie de le revoir. Ça ne changerait rien.

C'est là que maman passe la tête :

– Je peux entrer ?

Je me retourne en fermant le clapet de mon ordi.

– Bien sûr !

Elle se pose au bord de mon lit, croise les chevilles.

– Greg vient d'appeler deux fois sur le téléphone fixe. D'après lui, ton portable serait éteint ?

– Oh, ne t'inquiète pas pour lui !

– J'ai l'air de m'inquiéter ? demande-t-elle en s'allongeant sur ses coudes.

Ce qui fait grincer le sommier.

– Je suppose que tu dois avoir de bonnes raisons pour éviter ses appels, alors je lui ai dit que tu étais sous la douche. Il ne m'a sûrement pas crue, mais il n'a pas osé insister.

– Bravo ! Je réglerai ça avec lui lundi.

– Alors, bonne chance. Tu peux me dire ce qui se passe ?

J'envoie promener un bouquin à mes pieds.

– Il veut juste que je les accompagne, lui et Rose, à un festival de musique. En fait, ce qui l'intéresse, c'est que je conduise parce que c'est un vrai flemmard.

– Qui se ressemble s'assemble, sourit-elle. Ton costume est prêt pour demain ?

– Demain... ?

– Le mariage ?

Comme je ne pige toujours pas, elle pousse un soupir.

– Ne me dis pas que tu as oublié !

– Non, pas du tout. Je ne m'en souvenais pas, voilà. Le mariage de qui, déjà ?

– La cousine issue de germain de Madame Le, par sa mère. Enfin, peut-être sa cousine germaine, je ne sais plus...

– Après, tu vas dire que j'oublie tout.

Je voudrais prendre un ton suffisant, mais ça ne marche pas. En même temps, ce n'est pas sa faute. Mia a des liens familiaux avec à peu près toute la ville. Chaque habitant est un cousin, une tante ou quelque chose comme ça. Ma minuscule famille fait plutôt tristounette à côté. En plus, maman adore le bruit et la fureur des Le. Parfois, je me demande pourquoi elle n'a jamais eu d'enfant avec oncle Bran. Quoique, quelque part, ça vaut mieux, car il s'est éclipsé peu après que maman – à l'époque tante Lily – nous a recueillis à la suite de la mort de nos parents.

– Alors, si tu ne connais pas la personne qui se marie, pourquoi on est invités ?

– En réalité, on ne l'est pas officiellement. On... accompagne, en tant que proches de Madame Le.

C'est donc ça.

Je n'ai même pas envie de discuter. Maman aime trop les mariages, pas la peine d'en faire toute une histoire. À tous les coups, il s'agit d'un nouveau stratagème pour me rapprocher de Mia.

D'autant que les gâteaux sont toujours délicieux, et que ces repas somptueux me plaisent bien également.

L'air un peu coupable, elle s'éclaircit la gorge.

– Qu'est-ce que tu regardais sur ton ordinateur ? Les dossiers d'inscription pour la fac ou du porno ?

Je fais semblant de m'étrangler. Enfin, presque semblant. Rien qu'à entendre maman prononcer ce mot, j'en ai déjà la chair de poule.

– Ne me redis plus jamais ça !

– Attends ! s'écrie-t-elle en ouvrant de grands yeux innocents. J'ignorais que tu étais si susceptible à propos de l'inscription à la fac.

– Ha, ha ! Très drôle.

– J'essaie. Mais, sérieusement, tu y as réfléchi, un peu ? Je sais que tu as encore une année devant toi, mais j'aimerais savoir un peu à quoi m'en tenir. Par exemple, pour décider si je vais devoir louer ta chambre, ou quoi.

– Comme si tu allais laisser vivre un inconnu dans cette maison ! La chambre de Finn est encore intacte et elle est plus grande que la mienne.

Le visage de maman se crispe légèrement.

– C'est vrai.

Le silence retombe et je m'en veux aussitôt d'avoir évoqué mon frère. Après la mort de nos parents, voilà presque quinze ans, c'est maman qui nous a rendu un foyer, qui nous a gardés ensemble, au point de quitter son travail de directrice marketing dans un centre de soutien scolaire, afin de pouvoir nous emmener à l'école, s'occuper de nous quand on était malades, nous préparer du beurre de cacahuète et des tartines de confiture (sans croûte pour Finn), assister à tous nos entraînements au football. Elle a même repris son nom de jeune fille, Adler, afin qu'on ne se sente pas éloignés. Et, bien qu'elle ait juré qu'on n'y était pour rien, je reste persuadé que c'est à cause de nous si oncle Bran l'a quittée.

Pas besoin d'être un génie pour le comprendre. C'était un couple heureux jusqu'à notre arrivée. Du jour au lendemain, tout a changé. Son mari ne voulait pas se trouver encombré de deux gosses. Qui plus est, même pas les siens. Mia et moi l'avons entendue en discuter avec Madame Le quelques semaines après son départ. C'est même la première fois que j'ai vu maman pleurer.

Et comment, malgré tout ce qu'elle a sacrifié pour nous, Finn a-t-il trouvé le moyen de la remercier ? En quittant la maison pour aller travailler dans une compagnie de croisière dès la fin de ses études. C'est la deuxième fois qu'elle a pleuré.

– Je n'ai pas encore trop pensé à la fac, dis-je avec un sourire forcé, mais si je pouvais aller à Houston, ça me plairait bien. Ce n'est pas trop loin d'ici. Ça coûterait moins cher.

Elle essaie de masquer son soulagement dans un petit rire, écarte quelques boucles de ses yeux.

– Oh oui ! Enfin, je ne veux surtout pas que tu te sentes forcé de rester ici avec moi. Tu es libre de faire ce que tu veux. De t'envoler loin du nid, et tout...

– Je me plais bien ici, tu sais.

Son sourire devient presque trop gentil.

– Ici avec Mia ?

– Arrête ! On ne va pas recommencer !

– Écoute, on voit tellement que tout vous rapproche ! C'est si éclatant qu'il me faudrait parfois des lunettes de soleil. Tu ne pourrais pas essayer de sortir avec elle, au moins une fois ? Pour moi ?

– Maman, dis-je en me redressant sur mon fauteuil grinçant, on se déteste, tous les deux. Il n'y a rien entre nous. Sérieux. On ne s'est jamais entendus, même quand on était enfants. Ce n'est pas parce qu'on a joué ensemble à cinq ans que Cupidon rapplique à tous les coups avec son arc.

Elle fait la moue avant de reprendre :

– Bon, je vois que tu n'es pas prêt à accepter la vérité. Je veux bien attendre encore un peu.

– Toute la vie ?

Je suis plutôt étonné qu'elle baisse les bras si vite. D'habitude, elle peut passer la nuit entière à me parler de Mia, si gentille, si jolie lorsque le soleil éclaire ses cheveux sombres et illumine ses yeux. Mia au rire contagieux. Si cela ne dépendait que de maman, on nous marierait dès la fin du lycée et nous irions vivre une semaine sur deux entre ici et la maison des Le.

– Peu importe, continue-t-elle. Je voulais te parler d'autre chose. On parlait des vacances de cet été et on pense que ce serait sympa de faire une croisière. Peut-être aux Bahamas...

Une croisière ? J'en reste bouche bée, surtout en la voyant se tourner vers les livres de ma bibliothèque.

– Et vous avez déjà choisi la compagnie ?

– Bien sûr. Les croisières Emerald. C'est propre, la nourriture y est délicieuse, les prix restent abordables et on joue de magnifiques spectacles à bord. Ils ont trois toboggans aquatiques et un minigolf en terrasse. Il y a même une grande salle de jeu et un bowling au deuxième étage !

– Attends, comment tu sais que les spectacles sont magnifiques ?

Enfin, elle reporte son attention sur moi, l'air un peu confuse.

– C'est le paquebot où travaille ton frère.

J'ai beau la voir venir depuis un moment, ça me frappe comme un mur de briques. Comment peut-elle seulement envisager de le voir ? J'en ai un instant la vue brouillée et cligne furieusement des paupières.

– Tu rigoles ? Qu'est-ce que tu veux aller faire là-bas ? Pour le voir, lui ?

– Bon, Jake, je sais que ça te dérange...

– Pas du tout ! Cet enfoiré ne mérite pas qu'on lui accorde tant d'importance.

– Attends, c'est ton frère, quand même ! Ton frère aîné. Je ne veux pas que tu en parles comme ça.

– Pourtant, il le mérite.

Comme elle me jette un regard noir, je préfère ne pas en rajouter. Mais j'ai le cœur gros à l'idée de monter sur ce bateau. Depuis toujours, je me doute qu'elle accueillerait Finn à bras ouverts s'il décidait de revenir. Sauf que là, c'est pire : il ne revient pas, c'est *nous* qui allons le chercher. Comme pour le supplier. Comme si on avait besoin de lui.

Je serre les poings, mais maman me caresse le bras.

– Je sais que tu ne t'y attendais pas mais voilà un moment que j'y songe. Je voudrais que notre famille revive. Avant qu'il ne soit trop tard. Et nous sommes séparés depuis assez longtemps.

– Mais on forme une famille, toi et moi ! Ça ne te suffit pas ?

Sans répondre, elle me décoche un sourire attristé. Puis elle se lève, se dirige vers la porte.

– Prends le temps d'y réfléchir, souffle-t-elle, et on en reparlera. Bonne nuit.

Exaspéré, je recule si brusquement de mon bureau que mon dossier tombe pour s'éparpiller par terre. Jusqu'au trophée de Petite Ligue qui tombe tête la première dans la corbeille.

Au lieu de tout ranger, je balance un coup de pied dessus puis me laisse tomber sur mon lit, un bras sur la tête.

Qu'est-ce qu'elle croit ? Qu'il suffirait d'une croisière pour reformer soudain une famille heureuse ? Elle perd la tête ! J'aime ma mère, je ferais tout pour elle, ou presque, sauf ça, justement. Moi aussi, j'ai mes limites. Pas question de revoir la sale gueule de Finn ! Elle peut m'accorder tout le temps du monde, je ne changerai pas d'avis. Rien ne me donnera jamais envie de retrouver ce mec, quoi qu'elle raconte. Ce connard nous a abandonnés, nous, sa famille. Fin de l'histoire.

Comment me sortir de là ?

MIA

Il est presque dix-huit heures quand on entre enfin dans la salle de réception. Une demi-heure de retard. Maman ne retrouvait pas ses escarpins. Elle a dû fouiller toute la maison pour remettre la main dessus. À croire qu'une tornade force cinq a traversé ma chambre qui a l'air maintenant un peu plus dérangée que d'habitude.

La salle de réception est déjà remplie. Heureusement que Madame Adler et Jake nous ont gardé des places. Et ils sont faciles à repérer car ce sont à peu près les deux seuls invités non asiatiques. La mariée, Ngoc, et son entourage commencent juste à s'installer devant la scène, si bien qu'on se glisse en hâte vers notre table, dans le coin du fond. J'essaie de prendre la place à côté de Madame Adler, mais maman me devance, m'obligeant à m'installer près de Jake.

Dans un soupir, j'adresse un signe à la famille assise face à nous. La plus jeune des trois enfants, qui doit avoir dans les quatre ans, lève des doigts maculés de brun. Visiblement, elle a déjà visité la fontaine de chocolat.

Orientant le plateau tournant dans sa direction, Jake se sert de riz gluant en utilisant ses baguettes comme un vrai pro. Il tend le plat à maman, puis à Madame Adler, mais passe devant moi comme si je n'existais pas.

Quel débile ! Bien que je meure de faim, je m'adosse à mon siège pour regarder la réception, cherchant à repérer les gens dont le DJ annonce les noms. Tout en essayant d'oublier les gargouillis de mon estomac. Encore heureux que la musique soit assez forte pour couvrir leur bruit.

Du moins, je le croyais.

Écarquillant les yeux, la petite fille se passe les doigts sur les joues. Ce qui fait ricaner Jake ; d'un geste lent, il pousse le plateau tournant devant moi mais, comme je ne tiens pas à avouer ma faim, je l'écarte en faisant appel à toute ma volonté. À la place, je sors de mon sac une pastille à la menthe que je glisse dans ma bouche ; elle a un peu perdu de son goût, mais ce n'est pas le moment de jouer les difficiles.

Coup de chance, le couple se lance dans sa première danse. Je me redresse sur mon siège, tourne la tête dans leur direction. Depuis le temps que j'assiste à des mariages – avec le métier de maman, ça m'arrive souvent – c'est le moment que je préfère. La mariée arbore un tel sourire que mes propres joues finissent par me faire mal. Et le marié ne peut s'empêcher de la regarder tout en lui murmurant des choses à l'oreille. Certaines fois, leur danse est chorégraphiée et un peu rigide, d'autres fois, ils se tiennent juste dans les bras en se balançant, avant de virevolter une ou deux fois. On peut aussi avoir droit à quelques renversés. C'est parfois un peu ringard. Mais peu importe. C'est toujours beau.

Selon Google, un mariage dure en moyenne huit ans, et plus de la moitié s'achèvent en divorce. Des centaines d'épouses reviennent voir ma mère pour programmer leur deuxième, voire leur troisième cérémonie.

Pourtant... au moment de la première danse, ces considérations n'entrent pas en jeu. Rien ne compte vraiment. C'est un moment si doux que mêmes les personnes les plus cyniques fondent complètement. Si les statistiques annonçaient un taux de cent pour cent de divorces, on se dirait quand même que *ceux-là* y échapperaient.

Évidemment, mes larmes se mettent à couler. J'attrape ma serviette avant que quiconque puisse s'en apercevoir. C'est là qu'un paquet de mouchoirs atterrit sur mes genoux.

Je lève la tête, mais Jake tire sur sa veste tout en continuant de manger, sans faire attention à moi. Je m'essuie les yeux en m'efforçant de ne pas abîmer mon maquillage qu'il m'a fallu près de trois quarts d'heure pour dessiner.

Les danses s'arrêtent et la nourriture finit par apparaître sur les tables. Je manque pousser un cri de joie en voyant arriver la soupe de crabe aux et asperges, avant de m'extasier sur le beau serveur qui me dépose mon bol.

Tout en mangeant, maman et Madame Le nous désignent du doigt et pouffent de rire ; pas super-discrètes. Ces mariages les enflamment, comme elles disent, sur le sujet « Jakia ». Elles n'étaient déjà pas très subtiles, mais là, ça les rend hystériques.

Avec Jake, on fait de notre mieux pour les ignorer. Il reste silencieux à peu près toute la soirée, sauf pour râler chaque fois que le DJ passe une nouvelle chanson.

Alors, je me concentre sur les autres invités, un oncle ivre qui ne cesse de dédier de nouveaux morceaux au jeune couple, mais ça va. J'ai entendu pire.

Mon beau serveur, Dan, repasse à notre table toutes les dix minutes pour voir où nous en sommes. Chaque fois, je m'arrange pour me rapprocher de lui. Et lui de se pencher pour m'« entendre ». Rien qu'à son sourire provocateur, je le vois venir. Ce qui me vaut un nouveau Coca dès que je termine mon verre.

Maintenant, il va falloir que je trouve comment lui refiler mon numéro sans alerter maman. Voilà un temps fou que je ne suis pas sortie avec quelqu'un d'intéressant. Plus depuis que maman a viré mon ex comme un malpropre de la maison. Comme tous les mecs qui viennent me rendre visite et ne s'appellent pas Jake. Le lycée entier est désormais au courant. Si bien que rares sont ceux qui osent l'affronter :

Dylan Saunders, ce serveur roux à mi-temps qui travaillait parfois pour maman.

Kirk Tran, ce mignon chef de groupe aux sublimes fossettes.

Et Mike Le (aucun lien de parenté), ce mec qui s'est retrouvé par hasard avec mon smoothie parce que le barman s'était emmêlé dans nos commandes.

La seule chose que ces trois garçons avaient en commun fut notre brève idylle d'été. Moins de trois semaines chacune. Il m'a fallu plus longtemps pour regarder toute la série de *Game of Thrones*. Seulement, comme maman est plus occupée que jamais en été, ça facilite les rencards dans son dos. Du moins, un certain temps.

Le dernier, c'était avec Dylan, en juillet. Voilà près de dix mois. Avec un peu de chance, les choses vont changer dès ce soir. En tout cas, si je parviens à refiler mon numéro de téléphone à Dan avant la fin de la soirée.

À situations désespérées, mesures désespérées. Je me lève d'un bond.

– Je retourne chercher du dessert avant qu'ils n'en aient plus.

– Tu veux que Jake t'accompagne ? demande Madame Adler en balançant un coup de coude à son fils.

J'éclate de rire :

– Non ! Je fais assez de gym pour pouvoir porter toute seule une assiette de gâteaux. Je reviens.

Mes talons claquent sur le sol quand je m'éloigne en hâte. Ça fait presque cinq minutes que j'ai vu Dan s'éclipser dans la cuisine, il doit donc m'en rester une ou deux avant qu'il reparaisse. Juste le temps de me planter devant la porte tout en gardant l'air nonchalant, pour qu'il ne sache pas que je l'attends.

Armée d'une fraise fraîche, je traîne devant la table à dessert depuis une éternité lorsque Dan émerge, portant un plateau de gâteaux. Gagné !

Je fais mine de presque lui rentrer dedans, et lui attrape le bras pour garder mon équilibre. Bravo les muscles !

– Pardon, je ne vous avais pas vu.

– Ce n'est rien, s'esclaffe-t-il. Vous voulez une part de gâteau ?

– Euh... ça m'a l'air délicieux, mais je ne sais pas si je devrais. Je ne crois pas pouvoir manger davantage.

Il m'examine des pieds à la tête.

– Je vous trouve très bien comme ça.

Sentant mes joues rosir, je passe une main sur ma robe verte.

– Bon, peut-être une tranche, mais demain j'irai faire une heure de gym.

– Pour vous entraîner, il y a cette jolie piste de jogging dans le parc, si ça vous intéresse.

Pas du tout... Enfin, je veux bien m'entraîner tant qu'il y a la clim et que je ne transpire pas trop, sauf que je ne vais pas dire ça à Dan.

– J'adorerais. Mais je n'aime pas courir seule. C'est triste.

Prenant le plateau dans une main, il glisse l'autre dans sa poche pour en sortir son téléphone.

– Et si vous me donniez votre numéro pour que je vous appelle la prochaine fois que j'y vais ? Ça vous fera de la compagnie.

Victoire ! Avec un large sourire, j'attrape son appareil lorsque maman surgit de nulle part pour me tirer par l'épaule.

– Mia ! Si vous alliez danser, Jake et toi, avant de partir ? Tu lui dois bien ça, non ?

– Pourquoi ? dis-je en me dégageant. Je ne lui dois rien.

– Si, d'habitude vous dansez toujours ensemble. Depuis votre enfance.

Elle m'enveloppe d'un bras en riant :

– Vous formez un couple si charmant !

– Mais on n'est pas...

Dan recule en me déposant une assiette de gâteaux dans la main.

– Oh ! Il faut que je retourne à la cuisine.

En le regardant s'éloigner, je marmonne :

– Sérieux, maman ? T'étais obligée de faire ça ?

Elle lève les bras comme si ça allait de soi.

– C'est bon. De toute façon, ils vont bientôt lancer le bouquet. Il faut que tu prennes une bonne place au premier rang avant l'arrivée de toutes ces demoiselles d'honneur.

Ouille ! Là, dans un dessin animé, j'aurais de la vapeur qui me sortirait des oreilles. Je me mets à râler :

– Pas envie d'attraper ce bouquet, ni de danser avec Jake, ou de lui parler, ou de rien faire avec lui. C'est toi qui m'y forces.

– Je croyais...

– Laisse tomber. De toute façon, tu ne m'écoutes jamais.

Là-dessus, je regagne la table, saisis la bouteille de cognac pour m'en servir un verre. J'en avale une gorgée qui me brûle bien la gorge, après quoi je fourre la moitié d'une tranche de gâteau dans ma bouche pour apaiser cette sensation. C'est sucré, agréable, mais ça ne me réconforte pas le moins du monde.

JAKE

On s'apprête à partir, avec ma mère, lorsque Mia me tape sur l'épaule.

– Je pourrais te parler une minute ?

Mince. Moi qui croyais enfin pouvoir m'échapper.

– À quel sujet ?

– Si on dansait ?

– Euh... pourquoi ?

– Ça se fait à un mariage, non ?

Sans attendre ma réponse, elle m'attrape par la main et m'entraîne vers la piste. Il est encore un peu tôt, rares sont les couples qui dansent déjà ; il y a surtout des gamins, leurs parents et quelques adultes un peu éméchés.

Une petite fille pirouette dans notre direction et je dois écarter Mia de son chemin. Surprise par ce mouvement brusque, celle-ci trébuche. Même avec des talons, elle n'est pas très grande. La voyant ramener ses cheveux sur son épaule nue, je ne peux m'empêcher de contempler sa robe verte.

Je n'ose pas baisser les yeux, de peur de me prendre une baffe. Alors, je remonte vite vers son visage.

Elle hausse le sourcil gauche et je n'en vois que mieux ses faux cils sur ses grands iris sombres. J'examine également ses lèvres roses, puis m'oblige à regarder ailleurs.

Soudain, elle se détache de mes bras. On vient d'échapper à la vue de nos mères.

– Qu'est-ce que tu fais ?

Elle s'assied sur les marches devant la scène, pose le menton sur ses paumes.

– En fait, je n'avais pas envie de danser, juste de ne pas rentrer trop vite à la maison avec ma mère. Le meilleur moyen pour qu'elle me laisse tranquille quelques minutes c'était de te rejoindre. Tu pourrais rester encore un peu là ?

Moi qui voulais partir depuis au moins une demi-heure... Je ne sais pas pourquoi, mais ce crétin de DJ ne passe que des chansons qui me rappellent Finn. Toutes celles qu'on chantait ensemble.

Sans compter que je vais devoir le retrouver dans quelques mois, et cette idée m'obsède.

Cependant, Mia ne me quitte pas des yeux – l'air implorant – et je ne peux pas lui dire non. C'est tellement agaçant. Je m'adosse à la rampe en croisant les bras.

– Cinq minutes.

Hochant la tête, elle ôte ses talons.

– Écoute, la situation devient vraiment ridicule. Quinze ans qu'on subit ça, c'est exagéré. Il faut qu'on fasse quelque chose. Tu ne veux pas devenir prêtre, je crois ?

– Pas vraiment.

– C'est bien ce que je pensais. Figure-toi que j'ai vu ton historique de navigation internet.

Qu'est-ce qu'elle raconte ?

– Ce n'était pas de la curiosité, ajoute-t-elle. Enfin, pas vraiment. Je suis tombée dessus par hasard il y a quelques mois, alors que j'imprimais un truc depuis ton ordi. Et là j'ai repéré la *chaîne vidéo* que tu fréquentes.

Des doigts, elle a mimé des guillemets pour *chaîne vidéo* et se détourne à présent avec une moue en coin.

– J'ai voulu la sauvegarder pour te faire chanter un de ces jours. Enfin... je n'aurais pas dû te dire ça...

Je sens mon visage s'enflammer, sans trop savoir si c'est de gêne ou de colère. Sans doute les deux. Comptant jusqu'à dix, je laisse échapper un soupir, puis :

– Je te préviens, tes cinq minutes de bouclier humain sont passées. Bonne chance pour rentrer chez toi.

Là-dessus, je commence à m'éloigner quand elle saisit mon pantalon et poursuit son baratin :

– Sérieux, si on trouvait un moyen de les obliger à nous lâcher... Après, on ne serait plus obligés de tout faire ensemble, comme aller au lycée, ou les vacances ou les déjeuners du dimanche...

– Attends, qu'est-ce que tu racontes ?

– Pour les déjeuners du dimanche ? Bon, j'adore les dimsum mais je suis prête à renoncer au shaomai et au potage vermicelle si ça me permet de ne plus te voir à chaque fois.

Sans plus trop l'écouter, je m'assieds à côté d'elle sur une marche, tout en laissant mon imagination m'emporter. Elle a raison. Si nos mères nous lâchaient un peu, on n'aurait plus besoin de se forcer à faire des trucs ensemble. Comme, par exemple, une croisière cet été.

Parfait.

Plus j'y songe, plus cette idée me séduit. Je me rapproche de Mia, lui effleure le bras.

– Tu sais quoi ? On les emmerde. Il serait temps d'arrêter tout ça. On sait que ça ne marchera jamais entre nous deux. Alors, perdu pour perdu, autant effacer dès maintenant leurs illusions.

– Tout à fait. Et, d'après toi, comment on va s'y prendre ? Pas en leur parlant, j'ai essayé, crois-moi. Des centaines de fois.

– Ah bon ? Ravi d'apprendre que tu as passé autant de temps à négocier que moi.

– Tu le serais moins si tu savais ce que je disais.

– Ouille ! La méchante !

– Mais non, dit-elle en me tapotant l'épaule. Tu es un grand garçon. Tu t'en remettras.

Pour un peu, elle me ferait rire.

– Dommage qu'on ne sorte pas ensemble pour de bon. Comme ça, elles verraient vraiment le désastre.

Elle a tout d'un coup l'air de piger quelque chose, écarquille les yeux.

– Voilà, si on essayait ?

– Quoi ?

– Toi et moi. Sortir.

Pardon ? À mon tour, je reste bouche bée. Elle a trop bu ou quoi ?

Elle se mord de nouveau les lèvres et ça les rend toutes roses.

– Quelque chose comme ça, dit-elle. Pas plus de quinze jours, tu vois, pour leur donner ce qu'elles veulent, et ensuite on s'offrira la plus belle rupture de l'année.

J'ignore si c'est par désespoir, mais cette proposition semble tenir debout. Tout en restant assez folle pour marcher.

– Ce n'est pas une mauvaise idée.

– Je sais. Je suis tellement brillante que j'arrive à m'en étonner moi-même. Au moins, quand ce sera fini, maman ne passera plus son temps à t'encenser. Tu crois que son ego tiendra le coup ?

– Ça risque d'être difficile. Mais rien qu'à l'idée de ne plus t'avoir dans mes pattes, ça en vaut la peine.

– On a un million de raisons pour ne jamais vraiment sortir ensemble, marmonne-t-elle en grimaçant.

– Arrête, je te disais juste la vérité.

Elle se redresse si vite que ses cheveux me balaient le visage ; l'odeur de son shampoing m'envahit un instant. Quelque chose comme un mélange de fruits et de fleurs. Lilas et pomme ? Je ne vais quand même pas lui poser la question !

À mon tour, je me lève.

– Alors, on est d'accord.

D'un geste, j'attrape deux flûtes de champagne sur le plateau d'un serveur qui passe, en tends une à Mia, lève la mienne.

– On va sortir ensemble pour ne pas avoir à sortir ensemble ! À la fin de nos brunchs du dimanche.

Les yeux brillants, elle cogne nos deux flûtes.

– Et à des rendez-vous séparés chez le dentiste.

Je ne peux m'empêcher de penser que, si ça marche, je serai à la fois débarrassé de Finn et de Mia. D'une pierre deux coups.

Cette soirée qui s'annonçait si pénible se termine plutôt bien.

MIA

Les doigts de maman me tâtent le front.

– Tu es sûre de vouloir rester seule ? Je pourrais te préparer de la soupe. Ou du chao gà.

Mince, son fabuleux riz au poulet ! Bien chaud, bien nourrissant. Surtout quand on s'est pris une tempête glaciale et qu'il a plu toute la journée. Cependant, je parviens à tousser misérablement en faisant non de la tête.

– Non, va prendre tes dimsum avec les Adler. Je préfère rester dormir.

– En fait, il n'y a que Madame Adler. Jake avait un travail urgent qui l'attendait. D'ailleurs, maintenant que j'y pense, ça m'étonne. Tu es vraiment malade ? Ou c'est juste pour échapper aux dimsum ?

Comme si elle me soupçonnait de je ne sais quoi...

– Maman, s'il y a une chose à laquelle je voudrais échapper, ce ne sont pas les dimsum. Tu sais que ma semaine est fichue si je n'ai pas eu mes brioches au porc laqué.

L'air encore dubitatif, elle finit quand même par me lâcher.

– Bon. De toute façon, je serai rentrée dans deux heures au plus tard. Je vais sans doute passer chez le fleuriste pour le mariage Wilson. Dis-moi si tu as besoin de quelque chose.

Je me blottis sur mon oreiller, tire la couverture vers mon menton.

– Promis. Amuse-toi bien.

Quelques minutes plus tard, j'entends la porte d'entrée se refermer. J'attends une trentaine de secondes, le temps que la voiture démarre, puis je file regarder à travers les stores ce qui se passe. Maman vient de s'arrêter pour prendre Madame Adler et elles repartent. Aussitôt, Jake surgit devant chez lui, et mon téléphone vibre. Je mets le haut-parleur, jette l'appareil sur mon lit pour pouvoir me débarrasser de ma tunique, avant de lancer :

– Je sors tout de suite !

Puis je fonce vers l'armoire, attrape la première robe qui me tombe sous la main, bleu marine à volants, ajoute un gilet gris en criant :

– Ne coupe pas le moteur. Je suis là dans une seconde.

– Autrement dit cinq bonnes minutes.

– Ha, ha ! On t'a déjà dit que tu étais trop drôle ?

Je reprends mon téléphone, en même temps qu'une paire de sandales.

– Ce n'est pas ma faute si tu n'es pas capable d'apprécier mes admirables qualités, rétorque-t-il.

– Pardon, j'ai mal compris. Admirables ou abominables ?

– C'est ça, rigole ! Tu ferais mieux d'arriver, qu'on y aille !

– Tout de suite.

Il fallait quand même que j'aie le dernier mot !

En sortant, je m'arrête ostensiblement devant la sonnette pour passer la main dans mes cheveux, relevés en un chignon qui fait ressortir mes oreilles. Pas terrible, mais c'est quand même mieux que de les avoir toute la journée dans la figure. De toute façon, je ne vais pas me donner trop de mal pour en mettre plein la vue à Jake. Je tire juste sur les mèches qui entourent mon visage, histoire de cacher mes oreilles un instant, puis je dévale l'allée.

– Qu'est-ce que tu fichais ? demande Jake lorsque je déboule à côté de lui.

– Je voulais que maman me voie bien quitter la maison sur la caméra de l'entrée. Elle devrait être avertie dans une minute ou deux.

– Tu aurais pu me prévenir. Je me serais garé plus près pour qu'elle te voie entrer dans ma voiture.

– T'inquiète. Cette caméra a une assez bonne portée. On y verrait même des gens voler des fruits sur l'arbre de la maison d'en face.

Ma mère est si observatrice ! Elle aurait fait une bonne espionne. De quoi donner des cours à James Bond.

Son nom est Le. Sydney Le.

– Tiens ! se marre Jake. J'ai branché la localisation de mon téléphone, comme ça, on n'a plus qu'à se faire surprendre au beau milieu de notre rencard. Dommage qu'on n'ait pas pu juste leur dire qu'on sortait ensemble.

À mon tour de ricaner :

– Ben voyons ! Comme si elles allaient nous croire. Là, au moins, on a l'air de vouloir garder le secret.

– C'est sûr, dit-il en prenant la direction de l'autoroute. J'espère juste que ça va marcher.

– Moi aussi.

Il est encore assez tôt pour que les voitures se fassent rares dans la rue. On ne dit plus rien jusqu'au parc. Jake voulait aller voir un film ou quelque chose de ce genre, mais j'ai objecté que nos mères auraient du mal à nous retrouver dans une salle obscure. Au moins, le parc est à l'air libre, ainsi elles pourront nous voir d'où qu'elles viennent. Et puis, ce grand espace vert avec ses bancs, ça fait quand même plus romantique. Sans trop compter sur ce temps pourri, j'aurais tout de même souhaité qu'il fasse un peu meilleur en sortant de la voiture.

Avec un sourire moqueur, Jake me lance une veste ; j'aurais aimé la refuser, mais un brusque coup de vent m'ôte tout ce qu'il me restait de fierté et je l'enfile en la fermant jusqu'au cou.

– Alors, où tu veux que se passe notre « rencard » ? demande-t-il en me prenant par le bras.

Comment peut-il avoir la main si tiède par ce temps ? J'ai presque envie d'y coller ma joue glacée.

– On pourrait s'asseoir sur un banc...

– Sous la pluie ?

– La pluie donne toujours un petit charme au paysage. Tu n'as jamais vu de comédie romantique ? Rien de plus beau qu'un baiser sous la pluie.

– C'est ça, flirter à en attraper une pneumonie.

Brusquement, il s'interrompt, baisse la tête vers moi :

– Hé ! On n'a pas parlé de s'embrasser, non plus !

À croire qu'on a six ans et qu'il redoute de me voir lui passer des poux.

– Il faut absolument qu'on fasse comme si on ne se détestait pas au moment où nos mères vont rappliquer. Tu te sens capable de la jouer fine, Casanova, ou on laisse tomber tout de suite ?

À ma grande surprise, il éclate de rire et m'attire contre lui, me serre la main.

– Si c'est le prix à payer pour me débarrasser de toi une fois pour toutes, alors je suis d'accord.

Je me détache de lui et là, je remarque comment il est habillé : tee-shirt froissé, jean déchiré.

– Dommage, dis-je d'un ton neutre. Tu t'es supersapé et tout. Ça te donnerait presque un air normal.

– Wouah ! Tu vas me faire rougir.

– Pour ce que j'en ai à fiche...

Il prend tous les compliments pour lui, ou quoi ? Il rétorque tranquillement :

– Si on s'asseyait pour mieux profiter l'un de l'autre jusqu'à l'arrivée de nos mères ?

En fait, le banc est déjà un peu humide mais, coup de chance, la veste de Jake est assez longue pour me couvrir les fesses. Je peux donc me poser à côté de lui, me balancer d'arrière en avant, en oubliant que je lui tiens toujours la main, si bien que je l'entraîne dans mon mouvement.

Fermant les yeux, il me passe un bras sur l'épaule, appuie ma tête contre lui. Il sent la lessive, et ça change des eaux de Cologne masculines. Ça fait propre. Sentant sa paume me caresser, je le regarde. Il n'a pas l'air de se rendre compte de son attitude, alors je ne bouge pas. Ça fait drôle. Pas désagréable. Juste... drôle. Comment est-ce que je peux sentir son contact sous tant de tissus ? On s'est pas mal touchés dans la vie, pas forcément main dans la main. On s'est souvent retrouvés assis l'un à côté de l'autre, pourtant, on s'efforçait de ne jamais trop se rapprocher. Pas la peine d'encourager le fan-club Jakia.

Tandis que là, c'est complètement nouveau.

Soudain, je le sens se crisper.

– Ne regarde pas, mais je crois qu'elles viennent de se garer dans le parking.

– Ah bon ? Alors, elles ont dû laisser tomber leurs dimsum pour rappliquer ici directement. Qu'est-ce qu'il faut qu'on fasse ? Tu veux que je me rapproche ?

– Tu vas te retrouver sur mes genoux. Ce n'est pas l'impression que tu veux donner pour un premier rencard, si ?

– La ferme.

Machinalement, je lui mets mon poing dans la poitrine et je m'en aperçois juste à temps pour modifier ce geste en caresse. Plissant le visage, j'essaie de le contempler d'un air amoureux mais, franchement, je dois plutôt avoir l'air constipée. Surtout quand je considère le regard qu'il me renvoie.

Bon, ça ne se passe pas bien. Nos mères risquent de tout piger.

Mais tant pis. Ça vaut la peine d'essayer. Je lui pose la main sur l'épaule, me redresse pour l'embrasser sur la joue. Du moins j'essaie, car il se penche en même temps et nos lèvres se touchent. Enfin, s'effleurent à peine, le temps que je saute en arrière et qu'il me dépose un baiser sur le bout du nez. Pile à l'endroit où je me suis mis plein de crème anti-acné.

Ouille ! C'est trop gênant. Je suis sûre que si on n'était pas assis sur ce banc, je me serais liquéfiée sur place d'embarras.

Heureusement je n'ai pas eu besoin de parler car un éclair a soudain traversé le ciel, suivi d'un bruyant coup de tonnerre.

– Je crois que c'est le signal de fin de notre rencard, dit Jake en me reprenant la main. Viens.

Sans se lâcher, on court vers sa voiture. Mes sandales pataugent sur le sol, arrosant mes mollets. Arrivés sur le parking, on se jette dans la voiture à l'instant où se mettent à tomber des trombes d'eau. Jake a quelques gouttes sur la tête, ce qui fait friser ses cheveux dans sa nuque. Il se penche vers la boîte à gants, en sort deux mouchoirs en papier qu'il me tend.

Je me tamponne les bras et les mollets.

– Alors... d'après toi, ça allait ?

Sans lui laisser le temps de répondre, nos deux téléphones se mettent à vibrer. D'un coup d'œil, j'aperçois la photo de maman sur le mien. Et Jake me montre en rigolant son écran où apparaît le mot *maman.*

– Tiens, dit-il, ça doit répondre à ta question. On ne peut plus reculer maintenant.

– Alors... on décroche ?

À ma grande surprise, il secoue la tête et range l'appareil dans sa poche, les yeux étincelants de satisfaction.

– Non. On les laisse mijoter encore un peu.

– Tu sais, je n'aime pas l'admettre, mais tu n'es pas si nul que ça, finalement.

– Merci, mais pas la peine de noter mon nom dans ton carnet de rencards pour autant. N'oublie pas qu'on fait ça pour ne plus se revoir, en fin de compte.

– Tu crois que j'avais oublié ? Merci quand même de me le rappeler.

En ronchonnant, il met le chauffage et oriente une prise d'air vers moi. Pour toute réponse, je m'adosse au siège en fermant les yeux.

Mieux vaut me détendre un peu, afin de pouvoir ensuite affronter maman et Madame Adler. Parce que je vais devoir faire appel à toute mon énergie pour prétendre que je suis amoureuse de Jake.

JAKE

Nos mères nous accueillent ensemble quand on débarque chez Mia ; en fait, elles nous attendent sur le perron, malgré l'orage. Je ne sais pas comment elles ont pu arriver avant nous puisqu'elles nous ont suivis à peu près tout le temps du trajet. En tout cas, elles sont là, les bras croisés.

– Bon, c'est maintenant ou jamais, annonce Mia alors qu'on se gare dans son allée.

Malgré son air sûre d'elle, elle balance la jambe gauche comme une balle de basket.

– Je te rappelle qu'on doit avoir l'air convaincants, ajoute-t-elle, sinon, elles ne vont pas nous croire. On n'a qu'une seule chance, ne la gâche pas.

– Je sais.

Elle a répété la même chose tout le long du chemin. Comme elle ne bouge pas de sa place, je me penche pour détacher sa ceinture.

– Allez, plus tôt on en termine avec ça, plus vite on sera libres. Tiens, ça te laissera même le temps de te trouver un cavalier pour le bal de fin d'année.

Son regard s'éclaire.

– C'est vrai ! Je n'y avais pas réfléchi. Qu'est-ce qu'on attend ?

Sans me laisser le temps de répondre, elle saute de la voiture et se précipite vers la maison. Je la suis en courant. Le temps de grimper les marches, on est tous les deux trempés. Pourtant, maman et Madame Le nous bloquent la porte.

– Salut, maman, dis-je l'air faussement surpris. Je ne m'attendais pas à te voir ici.

Je ne sais pas trop quoi faire de mes mains et finis par les fourrer dans ma poche.

– Tu m'étonnes, répond-elle. Surtout après m'avoir dit que tu allais travailler toute la journée !

– Et toi, renchérit Madame Le en désignant Mia. Je croyais que tu étais malade. Qu'est-ce que tu fais avec Jake ?

Elle laisse échapper un rire forcé.

– Quoi ? Mais non, je ne suis pas avec lui. On vient juste... enfin je veux dire...

– On vous a vus tous les deux dans le parc.

– Je...

Mia s'interrompt, cligne des yeux.

– Vous... c'est vrai ? Qu'est-ce que vous avez vu, au juste ?

– Bien des choses. Maintenant, il faut tout nous expliquer.

On échange un regard et j'essaie de conserver un air calme.

– Puisque vous avez tout vu, je suppose que vous avez compris.

Là-dessus, je prends la main de Mia, froide, mais un peu moite. J'enlace mes doigts sur les siens en poursuivant :

– Le secret est éventé. Voilà. On sort ensemble.

Je ne sais pas trop à quoi je m'attendais. Des larmes de joie, des applaudissements, n'importe quoi sauf leur air soupçonneux. Enfin, Madame Le a l'air dubitative. Maman semble plutôt désorientée.

– Je ne comprends pas. Quand est-ce que ça a commencé ? Hier encore vous vous détestiez.

– Tout à fait, approuve Mia avec un regard en coin. Mais il s'est passé quelque chose au mariage, hier soir, quand on a dansé ensemble. Ça a fait tilt. Après, on a filé en douce pour se retrouver et bavarder. Et... je ne sais pas. Ça l'a fait.

J'enchaîne avec le baratin prévu :

– Aujourd'hui, ce devait être notre premier rendez-vous. Mais on ne voulait pas vous le dire, au cas où ça n'aurait pas marché. C'est encore trop nouveau pour nous. Alors, j'ai menti en disant que j'avais du travail et Mia en jouant les malades.

– Il nous fallait un peu de temps pour voir ce qui se passait. Si c'était juste une fois ou si ça nous arrivait pour de bon.

Elle nous montre du doigt, puis se tourne vers sa mère en clignant innocemment des yeux.

– Mais comment tu savais qu'on était dans le parc ?

– Oh, je...

Avec un rire gêné, Madame Le balaie ses cheveux d'un geste.

– En fait, nous passions par là en allant faire des courses quand nous avons aperçu la voiture de Jake. Une totale coïncidence, je t'assure.

– Totale, renchérit maman. Alors comme ça, vous sortez ensemble, à présent ? Pour de bon ?

Elle joint les mains devant son visage et j'en rajoute en prenant Mia par l'épaule.

– Pour de bon. Tu avais raison, maman, elle est incroyable.

Maman sourit, mais Madame Le se contente de hocher la tête.

– Il y a quelque chose qui ne tourne pas rond.

Je ne peux m'empêcher de toussoter :

– On pourrait rentrer avant que Mia n'attrape froid ?

– Oh, oui, bien sûr !

Nos mères se faufilent à l'intérieur, on leur emboîte le pas.

– Et maintenant ? dis-je à voix basse à Mia en balançant dans un coin mes chaussures mouillées.

– Cool. Je vais aller chercher des serviettes dans la chambre de maman pour qu'on puisse s'essuyer.

– Attends...

Génial ! Elle me plante là entre nos deux mères.

Je n'ai guère le choix. Me voilà obligé de les suivre dans la cuisine et de m'asseoir sur un tabouret. Elles s'installent en face de moi et je me sens comme un gosse qui va se faire punir.

Heureusement, Mia apparaît sur le seuil, me lance une serviette en s'essuyant les cheveux avec l'autre.

Avant de me sécher, je commence par lui éponger le nez et les joues. Elle s'immobilise un instant, lève le visage vers moi, le temps que je lui adresse un clin d'œil.

L'expression de son visage s'adoucit un peu tandis que Madame Le s'adosse tranquillement à son siège.

– Bien, si nous commencions par le début...

Il lui faut un certain temps pour admettre qu'on sort vraiment ensemble, beaucoup plus que je n'aurais cru, en fait. Toutes deux nous inondent de questions. Encore heureux qu'on ait mis au point notre récit dans la voiture. Elles reprennent les détails plusieurs fois comme si elles guettaient le moindre mensonge.

Avec Mia, on se tient de plus en plus serrés, histoire sans doute de mieux les convaincre. Cet interrogatoire commence à sérieusement m'agacer. D'un seul coup, comme frappées par la foudre, elles semblent tout admettre et changent d'expression.

Un quart de seconde, je m'en veux de voir maman si contente, mais Mia m'envoie un léger coup de coude, comme si elle captait mes pensées. Je n'y peux rien, je n'avais encore jamais menti à maman. Enfin, sauf quelques pieux mensonges par-ci, par-là, mais c'est tout.

Lorsque les félicitations s'achèvent, Mia m'entoure la ceinture de ses bras et s'appuie contre moi.

– Bon, puisque vous savez tout, vous devriez aller dîner, toutes les deux. Nous, on va continuer notre rendez-vous, dans ma chambre, peut-être, jusqu'à ce que la pluie cesse. Et puis on regardera un film et on mangera un morceau.

Un nouvel éclair jaillit, et j'ai l'impression que le sourire de Madame Le s'altère.

– Rien que vous deux ? Seuls ? Si vous veniez dîner avec nous ?

– Je ne crois pas...

Avec un petit sourire coquin, maman tapote le bras de Madame Le.

– Sydney, tu sais que les enfants n'ont plus trop envie de traîner avec leurs mamans. Surtout à leur âge.

– Oh oui, bien sûr ! Amusez-vous bien !

D'une main dans le dos, j'enlace les doigts de Mia.

– À plus tard.

Conscients du fait que nos mères ne nous quittent sans doute pas des yeux, on reste collés l'un à l'autre en gravissant l'escalier. Ce n'est qu'une fois dans la chambre qu'elle me lâche en poussant un profond soupir.

– Trop bizarre. Tu as vu ça ?

– Quoi ?

– D'habitude, ma mère nous poussait littéralement vers une chambre et, depuis qu'on sort ensemble, elle a l'air presque embêtée que tu montes dans la mienne.

Haussant un sourcil, elle me dévisage des pieds à la tête.

– Quoi, tu es excité, aujourd'hui, ou quoi ? On dirait qu'elle avait peur que tu profites de moi, pauvre innocente !

Pouffant de rire, je m'étale sur le lit en rebondissant à plusieurs reprises pour me mettre à l'aise. Les ressorts couinent un peu. Quand même assez bruyamment pour que je craigne de voir surgir l'une de nos mères.

– N'importe quoi ! Elle risque surtout de s'inquiéter que le foutoir de ta chambre me décourage dès le début. Quand est-ce que tu as fait le ménage ici ?

Elle réfléchit, puis :

– En juin.

– Houlà !

J'essaie de me lever, mais Mia me repousse et passe les jambes sur mes genoux, pour se retrouver comme assise sur moi, m'empêchant de bouger.

– Si ta mère entrait en ce moment, elle verrait que ce n'est pas moi le plus excité des deux.

– Arrête, comme si je pouvais t'imaginer dans cet état !

Elle me provoque, là ?

– Comme ça, on est deux. N'empêche, ça m'étonne qu'elles nous aient crus.

– Ouais, surtout avec ce baiser minable. Pourquoi tu as essayé de m'embrasser l'oreille ? C'est une manie secrète ou quoi ?

– En fait, je voulais t'embrasser sur la joue. Ce n'est pas ma faute si tu as tourné la tête au dernier moment.

Elle fait la grimace.

– J'étais obligée quand tu m'as appelée « chérie. »

– Décidément, ce plan va échouer lamentablement avant de commencer. Comment veux-tu les convaincre qu'on sort vraiment ensemble ?

– Sûrement pas en disant ça ! s'exclame-t-elle en me donnant un coup d'oreiller. Bon, qu'est-ce qu'on va manger ?

Depuis quand est-elle si autoritaire ? Je m'écarte avant qu'elle ne me frappe de nouveau.

– Pas faim.

– Génial, parce que je n'avais pas l'intention de manger avec toi, de toute façon. Il faut juste qu'on se mette d'accord si nos mères nous interrogent.

Elle a raison, et je me sens un peu débile.

– Ah oui, bien vu. Une pizza ?

– J'en ai déjà mangé deux fois cette semaine.

– Ce qui serait un problème si on en mangeait pour de vrai...

– Attends, dit-elle en plissant le nez. On doit rester crédibles. Ma mère sait très bien que je ne mangerais jamais trois fois de la pizza en une semaine. Si on disait des ramens ou des sushis ?

– Comme tu voudras. Tu as le temps d'y réfléchir et de m'envoyer ensuite un texto.

J'essaie encore de partir, mais elle me repousse d'un pied sur le torse.

– Tu ne peux pas t'en aller. Elles sont encore là.

– Qu'est-ce qu'on va faire, tout ce temps ?

– On est dimanche...

Un petit sourire lui étire les lèvres tandis qu'elle tend les doigts comme Monsieur Burns dans *Les Simpson*. Je ne vois pas où elle veut en venir, pourtant, elle paraît de plus en plus contente...

Finalement, je pige à l'instant où elle ouvre sa table de nuit pour en sortir un de ces masques coréens qui vous donnent un air de fantôme.

– Non. Non. NON !

– Si. Si. SI ! dit-elle en les étalant sur son lit comme un tas de cartes. Lequel tu veux ? J'en ai des hydratants à l'aloès et au concombre. Et d'autres au collagène antirides. Ou même celui-ci avec ce dessin de pied de bébé. Je ne sais pas trop à quoi il sert puisque c'est entièrement écrit en coréen, mais je suis sûre que c'est bien, il suffit de voir la douceur des pieds de bébés !

D'un geste brusque, je l'écarte de mes genoux et elle tombe en arrière dans un cri perçant. Puis j'attrape le masque de pied de bébé que je braque vers elle telle une épée.

– Pas question !

Elle écarquille les yeux, l'air faussement innocente.

– Quoi ? Ne me dis pas en plus que ce serait la première fois.

– Une seule fois. Et on s'était promis de ne plus en parler.

– Ça fera ta deuxième fois et on n'en parlera plus. Viens là, beau gosse, il faut te faire beau pour sortir avec moi. Au fait...

Et de s'agenouiller pour me poser les lèvres sur le visage.

– Pour ton information, c'est ça, un baiser sur la joue.

Apparemment, je me suis laissé surprendre, et voilà que je dévisage Mia avant de la repousser.

– Bon, tu as gagné. Je le ferai si tu arrêtes de m'embrasser.

Là-dessus, j'ouvre un paquet, plaque le masque sur mon visage, le sens vibrer sur mon nez alors que je pousse un soupir.

Mia en fait autant, puis se met à tapoter les rebords sur mon menton pour mieux imbiber ma peau.

– Attends, on ne sort que depuis quelques heures et la magie s'est déjà envolée.

– Tu ne me regardes plus comme avant… dis-je en fermant les yeux pour ne plus la voir. Allez, on termine ça vite fait.

– D'accord, ricane-t-elle en s'allongeant près de moi.

Sa tête se pose sur mon bras. Et là, pas question de le reconnaître, mais j'aime bien la sensation de ce masque sur ma peau. D'un seul coup, j'ai chaud. Et puis, ça sent bon.

Soulevant une paupière, je jette un coup d'œil sur Mia et manque tomber du lit. Contrairement au masque blanc qu'elle m'a refilé, le sien lui donne une tête de panda, avec des cercles noirs autour des yeux et une truffe au bout du nez. Elle a toujours les cheveux noués, mais retenus par un bandeau rose qui lui hérisse le sommet du crâne comme un plumet d'ananas.

Je dois faire un effort pour ne pas éclater de rire et la réveiller, et je me contente de sortir mon téléphone pour la prendre en photo. Juste au cas où elle voudrait encore me piéger à l'avenir.

Après quoi, je m'allonge et ferme les yeux.

Maintenant qu'on a franchi la première étape de notre plan, je me sens plutôt soulagé. À vrai dire, ce matin, j'avais l'impression qu'on allait tout gâcher. Pourtant, on est parvenus à convaincre nos mères, et c'était bien ça le plus difficile.

En bâillant, Mia se tourne sur le côté et, comme sa tête m'effleure l'épaule, j'essaie de me dégager mais elle se pelotonne contre moi avec un soupir d'aise. J'aurais cru qu'elle s'était réveillée, et puis non, elle a repris sa respiration paisible.

J'avais oublié combien elle était câline. Durant nos siestes au jardin d'enfants, elle roulait toujours sur moi, que je me trouve sur sa gauche ou sur sa droite.

Mais jamais sur le matelas d'un autre élève.

Dans un souffle, je l'enveloppe d'un bras, pose la joue sur sa tête. Ses cheveux me chatouillent le nez, alors je souffle dessus et ferme les yeux.

Pour la première fois depuis deux ans, je m'endors aussitôt.

MIA

Il est à peine midi, mais j'ai déjà l'impression que cette journée au lycée n'en finit plus. J'étouffe un autre bâillement tandis que Todd Kim, mon équipier en biologie, parle du cochon d'Inde qu'on va devoir disséquer la semaine prochaine. Pas vraiment réjouissant, surtout à l'heure du déjeuner, mais c'est l'un des meilleurs élèves de la classe et, comme mes connaissances en biologie ne proviennent pour ainsi dire que de *Grey's Anatomy*, j'ai vraiment besoin de son aide.

Je me frotte les yeux, m'arrête net, cligne si brusquement des paupières que mes lentilles remuent. Un instant, j'ai cru rêver, mais non, c'est bien maman qui sort du bureau, une enveloppe brune à la main. Suivie d'Aly, sans doute en fin de permanence.

– C'est bon, pigé, dis-je en coupant la parole à Todd. La dissection. Le cœur. Les veines. À demain ! Maman ! Qu'est-ce que... tu fais là ?

– Je viens de parler avec Madame Martin, ta conseillère. Elle avait besoin de mon avis pour programmer ton bal et tes épreuves de l'année prochaine. Mais, et toi ? Où est Jake ? J'espérais vous trouver à la cafétéria pour vous dire bonjour.

Sur le coup, je ne capte pas.

– Jake ? Il...

– Il nous attend pour déjeuner, intervient Aly en glissant sa tête entre nous. Hein, Mia ?

Je lui décoche un sourire reconnaissant.

– Oui, mais je vais lui dire de nous rejoindre ici.

– Pas de souci, je peux descendre...

Pas question de la laisser entrer dans la cafétéria. C'est une chose de faire semblant de se donner rendez-vous à la maison, de là à se faire des mamours devant tout le lycée...

– Non ! dis-je en la faisant asseoir sur le banc près de l'entrée. Je vais le chercher. Reste là. D'ailleurs, Aly avait quelque chose à te demander.

Mon amie écarquille ses grands yeux bleus.

– Moi ? Ah oui !

– Alors, restez là pendant que je vais chercher Jake.

Sans laisser à maman le temps de me suivre, je tourne les talons et détale. En même temps, je sors mon téléphone pour appeler Jake, mais il ne décroche pas. Qu'est-ce qu'il fiche ?

Je grimpe au second, vers son casier, personne. Je recompose son numéro, descends à la cafétéria.

Le cœur battant, je me penche, les mains sur les genoux en essayant de reprendre mon souffle. Je vais être malade ! Voilà pourquoi je n'ai jamais rejoint l'équipe d'athlétisme malgré les insistances du coach Hill. Il ne semblait pas comprendre pourquoi « quelqu'un avec des jambes aussi musclées » ne voulait pas courir.

C'est peut-être comme ça que je vais mourir. Alors que j'ai encore tant de choses à faire. La fac m'attend.

Et puis, je dois rendre ce film à Redbox avant qu'ils ne me mettent une amende.

J'inspecte la cafétéria et repère Jake assis avec Rose dans le fond. Je file vers lui, saisis la bouteille de thé glacé qu'il tient dans la main.

– Mia, qu'est-ce que... ?

Un doigt levé, j'ouvre la bouteille, la vide à moitié avant de respirer un grand coup.

– Pourquoi tu ne réponds pas au téléphone ? Laisse tomber. Il faut que tu viennes. Ma mère...

Je jette un coup d'œil vers Rose, sans doute au courant de notre comédie. Après tout, ce sont de super-amis.

– Il faut que tu me suives...

Il fait la grimace, mais finit par se lever. Je lui glisse un bras sur l'épaule et l'entraîne vers la sortie.

– Euh, tu pourrais me dire ce qui se passe ?

– Ma mère est venue déposer des formulaires au bureau et elle voudrait te dire bonjour. Je ne voulais pas qu'elle vienne nous chercher à la cafétéria. Surtout devant tout le monde... maman !

J'ai failli lui rentrer dedans en passant la porte d'entrée.

– Qu'est-ce que tu... je croyais t'avoir dit de nous attendre devant le bureau.

Aly est derrière elle, les mains levées, en articulant *désolée* du bout des lèvres.

– Ce n'est rien, sourit maman. De toute façon, je suis garée devant la cafétéria. Je ne voulais pas vous faire remonter là-haut rien que pour moi.

Elle nous dévisage un instant avant d'ajouter, l'air extasiée :

– Vous êtes trop mignons, tous les deux !

Jake me pince la joue gauche.

– Je ne sais pas trop pour moi, mais Mia, c'est sûr !

Avec un sourire forcé, je réponds du bout des dents :

– Arrête !

– Jamais ! s'esclaffe-t-il en me serrant les épaules. Je me demande comment j'ai pu résister si longtemps à ton charme.

Ça l'amuse. Heureusement, maman ne voit pas mon visage à ce moment-là. Je ne résiste pas à l'envie d'enfoncer le talon dans le pied de Jake, jusqu'à ce qu'il recule. On peut être deux pour jouer à ce jeu-là. À mon tour, je lui tapote la joue. Assez fort pour que ça ressemble plutôt à une gifle.

– Tes jeux vidéo t'ont rendu aveugle.

– Peut-être, maugrée-t-il d'un ton faussement réjoui en m'embrassant sur le front. Mais il faut que je remonte chercher un truc dans mon casier. On se voit plus tard. Au revoir, Madame Le. J'étais content de vous voir.

– Au revoir, Jake.

Tout en s'éloignant, il fait volte-face, l'index et le majeur sur sa poitrine, avant de les pointer vers moi, l'air de tirer au pistolet. J'empêche de justesse maman de se retourner en la serrant dans mes bras.

– Merci encore d'être passée.

Elle me tapote la tête, me coince une mèche derrière l'oreille avant de partir. Et, là encore, elle se retourne à plusieurs reprises pour m'adresser des signes comme une gamine. Je dois reconnaître qu'elle peut être vraiment mignonne.

– Trop chou, commente Aly. Elle devrait venir plus souvent.

– Tu tiens absolument à ce que je meure d'une crise cardiaque ?

*
* *

– Vingt-cinq, vingt-six.

J'ai beau compter et recompter les textes, il y en a un de trop. Je suis pourtant sûre d'avoir appuyé sur vingt-cinq copies. Peut-être que la machine a juste voulu en cracher une en rab pour le plaisir. Je me mets à agrafer une liasse.

– Hé, Mia ?

– Oui ?

Je manque tomber à la renverse.

– Ben ! Qu'est-ce que tu... enfin... Salut !

Pourquoi ai-je l'air d'une telle débile ? Je m'éclaircis la voix, essaie de nouveau, d'un ton plus charmeur.

– Salut... Quoi de neuf ?

Il vient s'asseoir sur le tabouret près de moi, lentement pose le menton sur sa main, comme pour mieux me regarder.

– Ça m'a juste étonné de voir quelqu'un d'autre ici si tôt.

J'essaie de prendre l'air décontracté, malgré cette boule au ventre...

– Oh ! je voulais juste vérifier que tout était prêt avant la répétition, c'est tout.

Il émet un léger sifflement.

– Je ne sais pas ce que Daniel ferait sans toi. Tu comptes revenir l'année prochaine, j'espère ? Et si tu jouais un rôle dans une pièce ?

– C'est ça. Comme si j'en étais capable.

– Pourquoi pas ? En fait, je crois que tu serais extraordinaire.

– Hein ?

Il a les yeux qui brillent ou c'est juste mon imagination ? Quelque part, je me sens revenue à la gamine de onze ans en train d'essayer des soutiens-gorge pour la première fois. Terriblement gênée et pas certaine de me trouver à ma place.

Il me contemple avec toute l'intensité de ses beaux yeux marron, et je ne saisis pas tout de suite qu'il attend ma réponse.

– Pardon, qu'est-ce que tu as dit ?

Cette fois, il se met à rire, mais je ne relève pas car ça fait presque scintiller ses iris.

– Je disais que tu devrais te lancer un jour. C'est génial de se retrouver sur scène. Et jouer devant un public ? Là, je ne peux même pas te dire ce que ça fait !

Concentre-toi, Mia. Ses paroles. Peut-être que si je regardais juste ma table, mon esprit ne s'embrouillerait plus.

– J'aimerais bien faire de la scène. Me retrouver un jour à Broadway. Le rêve.

– Moi aussi, dit-il en m'effleurant le bras du coude. Tu pourrais commencer à t'entraîner dès aujourd'hui.

Si seulement c'était aussi facile...

– Je ne sais pas si tu as remarqué, mais il faut avoir du talent pour ça.

– Et ?

– Et je n'en ai pas.

Ben se remet à rire. Plus fort.

– Comment tu le sais, tant que tu n'as pas essayé ? Je pourrais t'aider à répéter si tu veux, un de ces jours.

Je n'en reviens pas.

– Maintenant ?

– Oui, dit-il en se passant la main dans la nuque. Ou ce week-end. On pourrait prendre un café.

Week-end, café – attends... Il me propose un rencard, là ?!?

– Je déteste le café, dis-je sans réfléchir. Non, attends. D'accord, ça serait sympa.

Oups ! Je ferais mieux de ne pas m'emballer. Trop tard pour reculer, jouer les timides. Je hausse les épaules d'un air qui se voudrait nonchalant.

– Si ça ne t'ennuie pas de m'aider, j'aimerais bien.

Son sourire s'élargit.

– Super. Je t'envoie un texto ce soir.

– D'accord, mais comment tu... tu dis ça pour avoir mon numéro de téléphone ?

– Sais pas.

Croisant les bras, il se penche de nouveau vers moi et les battements de mon cœur s'emballent aussitôt.

– Ça dépend, ajoute-t-il, si tu me trouves cool ou nul.

Pourquoi ai-je tant de mal à respirer ?

– Cool. Super-cool.

Ses lèvres s'étirent sur un nouveau sourire.

– Alors oui, je te demande ton numéro.

Une fois que je l'ai entré dans son téléphone, il ramasse les copies du texte qui restent sur ma table pour les agrafer avec une telle dextérité que j'en défaille presque. Avec lui, tout paraît fabuleux. Quand il a terminé, il les entasse et me rend l'agrafeuse puis se lève avec un clin d'œil.

– Bon, à plus.

– À plus.

Je répète ça comme une idiote. Mes joues me font mal d'avoir tant souri.

Au bout d'une ou deux minutes, le mot *rencard* pénètre dans mon cerveau embrouillé et m'arrache à ma stupeur. Quoi ? Un rencard ? Non mais, qu'est-ce que j'ai dans le crâne ? Je ne peux pas accepter un rencard alors que je suis censée sortir avec Jake !

Encore que, techniquement, ce ne soit pas un vrai rencard, puisqu'il s'agit de répéter un texte. Devant un café. Je me tape le front de la main à plusieurs reprises. Encore heureux que Ben soit déjà parti.

Je ferais peut-être mieux d'annuler. En même temps, je n'ai pas vraiment envie. Ce n'est pas tous les jours que le mec de vos rêves vous propose un rencard. Même si ce n'en est pas vraiment un.

Mon front atterrit sur la table dans un bruit sourd.

N'empêche que c'est sans doute ma seule chance de sortir avec quelqu'un comme Ben, il faudrait être stupide pour la refuser.

Une fois adossée à mon siège, j'appuie l'agrafeuse contre mon cœur, comme s'il s'agissait d'un bouquet de roses.

Je regarde Lyndon s'approcher de moi, déconcertée. Mais comment le lui reprocher ? Je sais que j'ai l'air d'une folle, et je m'en fiche éperdument.

JAKE

Bien que j'aie prévenu Mia par texto que j'allais arriver, elle paraît surprise de me trouver devant sa porte. Il n'est que dix-huit heures, pourtant elle est déjà en pyjama – haut blanc moulant et large pantalon mauve, un peu trop long pour elle. Il couvre presque ses pieds, au point que j'aperçois à peine ses ongles qui dépassent. Elle a remonté ses cheveux en une espèce de chignon à la va-vite.

Elle écarte les deux bras dans l'encadrement de la porte, comme pour me barrer le passage.

– Qu'est-ce que tu fais là ?

– Et le rencard ? Je t'ai envoyé un texto...

– Oh ! Mon téléphone était mort quand je suis rentrée. Je l'ai juste rebranché sans le regarder.

– Tu m'étonnes. Alors, qu'est-ce qu'on fait ?

– Ma mère n'est pas là. Pas besoin de perdre notre temps.

– Sauf que j'ai déjà dit à la mienne que je venais...

– Bon, soupire-t-elle, tu n'as qu'à rester un peu ici, tant que tu ne me déranges pas.

– Je vais essayer.

Je la suis vers la cuisine pour prendre une bouteille d'eau dans le réfrigérateur ; alors que je vais lui demander où se trouve sa mère, quelque chose m'arrête. Je me penche vers elle, lui essuie la nuque de l'index.

– Tu es toute mouillée ?

– Oui, je sortais juste de la douche quand tu as rappliqué.

– Alors pourquoi tes cheveux sont secs ?

– Parce que je ne les lave pas tous les jours. C'est ta façon de ne pas me déranger ? Parce que ça ne marche pas trop.

Je vide la bouteille et m'apprête à la jeter dans l'évier quand quelque chose à l'extérieur attire mon attention.

– Je me suis toujours demandé pourquoi ta mère gardait la minuscule maison sur laquelle travaillait Frank ?

S'appuyant sur l'évier, elle regarde par la fenêtre.

– Je crois que maman n'a pas eu le courage de la démolir quand ils ont rompu. C'était un mec sympa.

– Je l'aimais bien.

En réalité, je me souviens à peine de lui ; j'avais sept ans la dernière fois que je l'ai vu. Je ne serais sans doute pas capable de le reconnaître, mais je me rappelle qu'il nous apportait toujours des glaces.

– Ça t'ennuie si on fait une petite visite ?

– Pourquoi pas, ça fait des années que je n'y ai pas mis les pieds !

Une fois dans le jardin, elle m'emboîte le pas ; elle a toujours marché plus vite que la moyenne. Comme si elle n'avait pas de temps à perdre. Je saute sur le petit perron de bois, entrouvre la porte pour passer une tête à l'intérieur. Je savais que c'était une minuscule maison, mais là, elle me semble encore plus microscopique que dans mon souvenir. À peu près du format de ma chambre.

Mia s'arrête devant le ruban bleu collé au sol près de l'entrée.

– Tu te souviens ? C'est là qu'on voulait installer un canapé convertible pour les invités. Sauf que je ne sais pas qui on pourrait installer dans un endroit si petit.

Je m'assieds sur le comptoir métallique, replie la jambe pour y poser mon bras.

– Il manque à ta mère ?

– Je crois que oui, répond-elle en traçant des doigts le rebord de la fenêtre. Elle ne l'avouera pas, mais je l'ai déjà surprise à regarder des émissions de décoration, comme pour se remémorer son univers.

– J'avais oublié que cette maison était si petite ; enfin pas pour toi, à l'époque tu n'étais qu'une crevette. Et tu n'as pas beaucoup grandi.

Elle fait la grimace.

– Tu n'es pas un géant non plus.

– Quand même beaucoup plus grand que toi.

– Tu parles d'une comparaison !

Les paumes appuyées sur le comptoir, elle saute dessus à son tour. Du moins, elle essaie à plusieurs reprises, jusqu'à ce que je lui tende une main et la saisisse par la taille de l'autre.

– Merci, dit-elle.

On reste là un moment, et c'est... sympa. Je ne sais pas si c'est dû aux souvenirs émus de cette maison ou parce que Mia me semble moins hystérique que d'habitude, mais ça ne m'énerve pas trop de devoir sortir avec elle. Je passe un doigt sur les traces mauves le long de la porte du placard.

– Tu te rappelles quand on a cueilli des framboises dans le jardin de maman pour fabriquer notre propre confiture ?

– Ah oui ! s'écrie-t-elle. Maman et Frank étaient furieux de ne pouvoir enlever les taches qu'on avait laissées.

Nos regards se croisent et on éclate de rire. Je ne sais pas trop pourquoi car, à l'époque ce n'était pas drôle.

Le comptoir est si petit qu'on est plus ou moins collés l'un contre l'autre. Et là, je me rends compte que j'ai toujours la main glissée sur sa taille, ou plutôt sur sa hanche, non loin de ses fesses. Ouf !

– Attends une seconde, dit-elle en me frottant la tête. Tu as de la poussière dans les cheveux.

J'ai commencé par me figer mais, finalement, je me penche vers elle. Chacun de ses gestes, chaque passage de ses doigts m'envoient des frissons dans la nuque.

Quand elle s'arrête, je relève la tête et nos visages se trouvent à quelques centimètres l'un de l'autre. Au point que je vois l'iris noir de ses yeux, le grain de beauté sur son menton.

J'en reste le souffle court et les mains moites, comme si je venais de piquer un cent mètres. Ce qui n'explique pas pourquoi je n'arrive pas à détacher mes yeux de Mia, de ses lèvres entrouvertes qui me semblent soudain si douces et si tentantes.

J'ai toujours su qu'elle était jolie. Je ne suis pas aveugle. Greg a même un peu craqué pour elle ; il a essayé de le cacher mais ça se voyait à sa façon de flancher chaque fois qu'elle rappliquait dans les parages. N'empêche, c'est la première fois que je la trouve vraiment jolie. Si on peut dire.

Je ne sais pas.

– Là, souffle-t-elle en s'éloignant. C'est mieux comme ça.

– Merci, dis-je en apercevant soudain la petite tête souriante tracée au stylo bleu sur sa main. C'est quoi, ça ?

– Hein ? Ah, j'en avais un peu marre de la répétition, aujourd'hui. Et ce type m'a fait ce dessin pour m'amuser.

– Je croyais que tu venais de prendre une douche !

– Je n'ai pas dû frotter assez fort.

Elle baisse la tête, mais j'ai bien vu qu'elle rougissait. En quoi ce smiley peut-il la faire rougir ?

– On y va, dit-elle en sautant à terre.

Elle s'emmêle un peu avec la poignée de la porte, si bien que je dois l'aider.

– Merci, dit-elle. J'ai encore des devoirs à faire, ce soir.

Pas trop subtil comme excuse pour me virer.

– D'accord, à plus. Je vais rentrer chez moi par la grille latérale. Euh... Mia ?

Elle se retourne.

– Oui ?

– Plus qu'une semaine et demie.

– Pour quoi faire ?

– Avant notre rupture. Ensuite, plus besoin de se revoir.

– Trop hâte, répond-elle avec un bref sourire. À plus, Jake.

Tandis que je rentre, ces paroles me résonnent dans la tête. Une semaine et demie. Onze jours. Ensuite ce sera fini et à nous la liberté !

MIA

La sonnerie du déjeuner retentit à l'instant où j'attrape mon bouquin de sociologie dans mon casier pour le mettre dans mon sac. J'ai rendez-vous avec Jake et Aly sur le banc devant la salle de gym pour discuter du reste de notre plan.

Pour le moment, il semble que maman et Madame Adler croient toujours à notre histoire et on doit continuer sur notre lancée avant de rompre, le week-end prochain.

À l'instant où je ferme mon sac, on frappe à la porte de mon casier. Je lève les yeux pour découvrir le large sourire de Ben.

– Salut ! dis-je machinalement. Mais qu'est-ce que tu fais ici ?

– J'allais chercher une pizza avec les copains et je voulais savoir si tu avais envie que je t'en rapporte une.

Une mèche blonde lui tombe sur le front.

– Pepperoni ? Suprême ? Quatre fromages ?

– Non, ça va, dis-je en riant. Mais merci !

– Alors, la prochaine fois.

Je m'attendais à le voir s'éloigner, pourtant il m'emboîte le pas quand on descend l'escalier. Nos bras s'effleurent presque à chaque marche. Ça me donne le tournis. On est presque main dans la main. J'essaie de parler d'un ton dégagé :

– C'est la première dans quelques semaines. Tu as hâte ?

– Oui, rigole-t-il. Mais je n'ai pas le trac, non plus. Je suis juste doublure. Sauf si Leon attrape la grippe ou je ne sais quoi...

– Ça pourrait arriver, dis-je en tournant mon sac entre mes doigts. De toute façon, tu serais bien meilleur que lui. En fait, le public aurait de la chance.

– Merci, murmure-t-il en se penchant vers mon oreille, mais j'espère que Leon ne t'entendra jamais dire ça.

Les battements de mon cœur s'accélèrent.

– Parfois, ajoute-t-il, c'est encore plus une diva que Lyndon.

– Oh ! je l'ai entendu râler dans le théâtre. Mais, promis, je ne le dirai plus, même si c'est vrai.

Je fais mine de zipper mes lèvres et il pouffe.

On débouche bientôt dans le hall d'entrée, devant la cafétéria. Je regrette de ne pas avoir pris un chemin plus long pour y parvenir.

– Tu ne viens pas ? insiste-t-il.

– Euh... normalement, je dois retrouver Aly et...

Sans trop savoir pourquoi, à la dernière seconde, j'évite de prononcer le nom de Jake.

– ... enfin, des amis de la gym. On prépare un truc.

– Alors, bonne chance. On se voit demain à la répétition.

Il me serre légèrement le bras avant de s'éloigner.

Et moi de réprimer quelques soupirs de joie.

Cependant, rien ne m'empêche de sortir aussitôt. Aly et Jake m'attendent déjà, elle, les jambes repliées sous le banc, lui en train de manger des chips.

Dès que je m'assieds entre eux, il me tend le paquet.

– Tu en as mis un temps !

– Attends, j'ai à peine deux minutes de retard. Tu sais que Monsieur Tiller aime bien traîner après la sonnerie. Bon, alors de quoi vous parliez, tous les deux ?

– Jake m'a raconté vos aventures, énonce Aly avec un clin d'œil. Tu ne m'avais pas parlé de votre baiser.

– Quoi ? Sur le nez ? N'importe quoi !

– Un baiser, c'est un baiser.

Jake lève les yeux au ciel.

– Elle est furax, parce que j'ai refusé son idée d'un baiser sous la pluie.

– Ce sont les meilleurs ! dis-je en lui frappant le bras.

– C'est vrai, approuve Aly en se mordant les lèvres. Les meilleurs de tous. Romantiques, délicieux...

– Tu vois ?

– Ça va, vous vous prenez pour des expertes ?

– Le kdrama ! répond-on en chœur.

– Ouf, les séries coréennes ! lâche-t-il d'un air excédé. Et il y en a pour quinze jours, comme ça ?

– Encore dix, mais il n'empêche qu'on a plein de choses à faire avant la rupture.

– Quoi ? Je croyais qu'il nous restait juste à organiser deux faux rencards, et c'est bon.

Aly me décoche un regard compatissant.

– Je vois pourquoi tu m'as demandé mon aide. Il est nul.

– Oh oui, je sais !

Il pousse une exclamation indignée tandis que je sors un papier et un crayon pour prendre des notes en expliquant :

– On ne peut pas rompre juste après deux rencards, nos mères comprendraient aussitôt qu'on les a manipulées. En plus, elles pourraient espérer qu'on se remette ensemble plus tard.

– Et... ?

Ce serait plus facile de m'adresser à une gamine de cinq ans.

– On doit les convaincre que ces quinze jours étaient du sérieux ; comme ça, quand on rompra, elles se diront que c'est pour de bon.

– Ça vous aiderait sûrement si les choses devenaient torrides en attendant le jour J, lâche Aly dans un sourire.

C'est mon tour de lever les yeux au ciel.

– Arrête ! Pas la peine.

– Enfin, peut-être pas torrides, mais il va falloir vous embrasser pour de bon. Avec ou sans pluie. Sinon personne ne croira jamais que vous sortez ensemble.

On échange un regard avec Jake, puis je note *s'embrasser*.

– Bon, on s'embrassera devant maman et Madame Adler... un de ces jours. Maintenant, si on passait à quelque chose de plus marrant, genre comment on va rompre ?

– Quoi ? demande-t-il en haussant un sourcil. On ne peut pas juste rompre, et voilà tout ? Rien n'est simple, avec toi.

– Quand c'est simple, ça s'oublie vite. Il ne faut pas que notre rupture passe inaperçue. Alors, si tu as une idée...

Je me creuse la cervelle, à la recherche d'exemples de ruptures dans les séries télé. Je finis par conclure :

– Bon, le coup des familles ennemies, impossible. Pas plus que le coup de la maladie. Ni cancer, ni amnésie, ni rien de ce genre.

– Et vous n'êtes pas non plus confrontés à une séparation obligatoire. Pour les études par exemple, ou une autre raison intergalactique.

Je m'aperçois que j'ai une main posée sur le cœur, et la reporte vite sur l'épaule d'Aly.

– Ça me rappelle qu'on devrait revoir encore une fois *Mon amour venu des étoiles*. Il me faut encore une dose de Kim Soo-hyun pour survivre.

– C'est sûr. Avec sa bogossitude d'extraterrestre...

Jake nous jette un regard horrifié.

– Vous regardez encore ces vieux trucs ? Ça craint.

– Peut-être, n'empêche que c'est renversant, dis-je en vidant le paquet de chips. Alors, d'après toi, comment on devrait s'y prendre pour rompre ?

– Sais pas. Une grosse dispute ? Pour prouver qu'on n'aurait jamais dû se mettre ensemble ?

Pensive, Aly joue avec une mèche de ses cheveux.

– Les contraires qui s'attirent, ça ne marche pas toujours. C'est simple, mais ça pourrait fonctionner. On pourrait aussi suggérer un premier amour qui resurgit. C'était qui, ton premier, Jake ?

Il se balance d'avant en arrière.

– Comment veux-tu que je m'en souvienne ?

Je ne dis rien. Ne regarde ni Jake ni Aly, les yeux perdus sur les joueurs en pleine partie de foot. J'espère juste qu'elle ne va pas me poser la question non plus. Jake ne se rappelle peut-être pas son premier amour, moi si. Et ça me fait drôle, car il est assis juste à côté de moi.

Je ne me rappelle pas trop quand ni comment ça m'a pris. On ne devait pas avoir sept ans, car on était encore amis. Je dirais que ça date de l'été avant le CE1. J'attendais toute la matinée que Madame Adler l'amène chez nous. Pas juste pour avoir quelqu'un avec qui jouer aux jeux vidéo et manger des nouilles au déjeuner, mais parce que j'aimais bien le voir. Traîner avec lui.

Ça n'a pas duré longtemps. On a vite compris pourquoi nos mères nous réunissaient sans cesse. Ça m'a fait l'effet d'un seau d'eau sur cet amour brûlant. N'empêche que ça a été le premier.

– Je crois que Jake a raison, dis-je en changeant de sujet avant qu'Aly ne m'interroge sur mes penchants. On pourrait faire un énorme grabuge sur tout ce qui nous sépare l'un de l'autre. D'ailleurs, ce serait le projet le plus réaliste.

– Peut-être, répond-elle, l'air déçue. C'est le scénario le moins drôle, mais à vous de voir. Votre fausse relation. Votre rupture. Enfin, à partir de la semaine prochaine, vous pourrez sortir avec qui vous voudrez. Pour quelle raison vous faites ça, au fait ?

Je n'ai jamais cessé de me demander pourquoi Jake avait accepté ce projet. Certes, on en a marre tous les deux d'être sans cesse poussés dans les bras l'un de l'autre par nos mères. Le mariage, pour moi, ça a été le coup de grâce. Mais j'ignore ce qui a tellement pu exaspérer Jake.

Il hausse les épaules :

– Je me suis dit que c'était le moment, voilà tout.

– Mais...

J'éternue et fais taire Aly d'un coup de coude. Peut-être que je ne sais pas *pourquoi* il agit ainsi, mais je repère très bien les moments où il a l'air irrité.

Surtout quand sa jambe gauche commence à rebondir brutalement. Je me lance, afin de combler ce silence pesant :

– On pourrait programmer une dispute la semaine prochaine. Ce ne sont pas les causes qui manquent.

– C'est sûr, plaisante Jake, des milliers.

Sa jambe s'arrête.

– Bon, alors on est d'accord ?

– Oui, je pense.

Cette fois, c'est Aly qui me balance un coup de coude :

– Et ça ? dit-elle en me montrant ses notes sur le baiser.

Échangeant un regard avec Jake, je me lève avec lui.

– On verra plus tard, dis-je en faisant mine de consulter mon téléphone. L'heure du déjeuner est presque passée.

– Il faut encore que je voie Rose, renchérit-il en s'éloignant. On se retrouve après les cours.

Aly attend qu'il se soit éloigné pour me prendre par l'épaule.

– Si ça vous met tous les deux dans un tel état juste de parler d'un baiser, je me demande comment vous allez survivre le reste de la semaine, à jouer les amoureux devant vos mères.

Incapable de la contredire, je pousse un profond soupir en regardant Jake disparaître dans le bâtiment. J'ai le cœur serré ; pour un peu, je voudrais le suivre afin de m'assurer que tout va bien.

Au lieu de quoi, je me retourne vers Aly :

– On passe à la cafétéria prendre quelque chose pour ne pas sauter le déjeuner.

MIA

Donc si $X3 + Y3 = (XY)$...

Je déchiffre le problème dans mon livre de maths sans pouvoir m'empêcher de jeter régulièrement un coup d'œil sur les feuillets de texte près de mon sac. Et aussi sur mon téléphone, à côté. Ben ne m'a pas encore fait signe, mais il n'est que dix-huit heures. Il a tout le temps pour appeler.

Alors, j'essaie de me concentrer sur le problème. Voilà au moins vingt minutes que j'y suis.

J'ai beau triturer cette équation dans tous les sens, ma réponse est toujours trop longue et trop compliquée. Ça ne tient pas debout. Comme si j'allais devoir résoudre ce genre de question dans la vie. Ça ne m'aidera jamais à décrocher un travail ni un riche mari.

Enfin... le coup du mari, c'est une blague. Jamais je ne sortirais avec un type sous prétexte qu'il est riche. Encore que si j'en rencontrais un assez séduisant pour qu'on tombe amoureux l'un de l'autre, pourquoi pas ? Riche et beau. Et si, en plus il savait chanter et préparer des lasagnes...

En tout cas, je suis certaine qu'il se ficherait que je sache résoudre un problème d'*x* et d'*y*.

Bon, il faut que je fasse une pause, sinon ma tête va exploser. Je vais me chercher dans la cuisine une cannette de Sprite, faisant tomber au passage le faire-part de mariage de la cousine Trang. Je le ramasse pour le remettre sur la table. Assise près du comptoir, maman est en train de manger une poire, tout en achetant des vêtements sur sa tablette. Sans tourner la tête, elle glisse l'assiette dans ma direction.

– Ça se passe bien, tes devoirs ?

– Stressant, pénible. Je vais me faire un ulcère.

Malgré le paquet de chips que j'ai avalé en rentrant du lycée, les poires me semblent tellement juteuses que je ne peux m'empêcher d'en goûter une. Je m'assieds près de ma mère, avale la première bouchée d'un coup.

– Ça t'embêterait si je quittais le lycée pour devenir joueuse professionnelle de poker ?

– Non, même si je suis sûre que tu me quitterais pour vivre dans ton duplex de luxe à Las Vegas.

– Tu me connais trop bien !

Elle finit par lever les yeux sur moi.

– Si c'est ce que tu veux faire, je te conseille d'apprendre d'abord à bluffer. Tu n'as jamais été une bonne menteuse.

Que tu crois ! Je m'appuie sur mes coudes, coince mes pieds dans le tabouret.

– D'accord, je ferais mieux de gagner à la loterie.

– Ça m'a effectivement l'air plus raisonnable. Que pense Jake de tes nouveaux plans de carrière ?

– Il dirait sans doute que je suis folle.

– Ça ressemble plutôt au Jake que tu fréquentais avant de sortir avec lui. Ça se passe bien entre vous ?

– Très... bien. En fait, je dois le retrouver dans quelques minutes sur le perron. On voudrait regarder un film avant de dîner.

– Très bien. Je t'accompagne chez eux. Avec Madame Adler, on va au cours de yoga. Ma chérie, je suis si contente que vous soyez enfin ensemble ! Je te l'ai déjà dit ?

Un million de fois par jour. Je m'efforce de sourire.

– Moi aussi. J'ai toujours pensé qu'on était trop différents l'un de l'autre, mais, parfois, ce n'est pas si mal.

– Voilà une éternité que je te dis ça ! s'écrie-t-elle, ravie. Comme le yin et le yang. Il était temps que tu m'écoutes enfin.

Je parviens de justesse à ne pas lever les yeux au ciel. J'ai tellement hâte que tout ça s'arrête, que je puisse enfin la convaincre de la nullité de ce mec. Cette idée me remonte le moral alors qu'on se dirige vers la rue.

– C'est quoi, ça ? lance maman en désignant ma voiture.

Il me faut quelques secondes pour comprendre, en apercevant un papier plié sur mon pare-brise, avec deux marguerites sous les essuie-glaces.

– Je ne sais pas...

Comme je suis allergique à ces fleurs, j'attrape délicatement la feuille, la déplie.

Ça m'a fait penser à toi. Vivement qu'on répète ensemble, demain.

Ben

Je me sens sourire bêtement bien que mon nez commence à me chatouiller. Il faut que je m'éloigne vite de la voiture. Comment sait-il où j'habite ? Certes, on ne vit pas dans une grande ville, tout le monde est plus ou moins le voisin de tout le monde. Mais déjà, j'étais étonnée qu'il m'ait seulement remarquée, alors qu'en plus il sache où j'habite...

Bien sûr, j'avais remarqué qu'il me draguait, mais là, ça va beaucoup plus loin. On arrive à la phase « tu me plais ». Je tapote la feuille sur la paume de ma main. Faut-il l'appeler pour le remercier ou plutôt lui envoyer une réponse mielleuse ? Ou quoi...

– D'où viennent ces fleurs ?

– Hein ?

Je m'aperçois que maman guette impatiemment ma réponse. Je suis au bord de la panique. J'avais oublié sa présence.

Impossible de lui dire que ça vient de Ben. D'autant qu'elle me croit encore en phase de lune de miel avec Jake.

– Je... euh...

Apparemment, mon cerveau imbécile a choisi ce moment pour faire une pause. Comme au cours de mon examen d'espagnol, l'année dernière. *Mi estupido cerebro.* Il a ensuite fallu que je reprenne des cours durant l'été.

– Oh, ces fleurs... Elles viennent de... Jake !

– C'est vrai ?

Je fais volte-face à l'instant où les Adler, mère et fils, apparaissent dans l'allée. Sérieux, j'avais combien de chances qu'ils surgissent à ce moment-là ?

– Jake !

Je me précipite vers lui et le serre dans mes bras.

– Je viens de recevoir ton message et tes fleurs. C'est adorable. Tu aurais pu me les donner pendant notre rendez-vous.

– Je... fleurs ?

L'air éperdu, il promène son regard de ma voiture à ma mère, puis vers moi. D'un seul coup, j'attire son visage vers le mien, dépose un baiser léger sur sa bouche avant de murmurer :

– Fais comme si.

Il demeure figé encore une ou deux secondes, nos lèvres s'effleurant à peine, avant de se dégager. Il me prend alors par l'épaule, me serre contre lui.

– Je voulais juste te faire une surprise avant notre rendez-vous.

Dans un soupir de soulagement, je jette un coup d'œil vers nos mères qui nous suivent comme une série télé, penchées l'une vers l'autre, les mains jointes sur le cœur.

– Je ne savais pas que tu avais un fils si romantique, Lily ! lâche maman. N'empêche... Tu aurais dû te souvenir que Mia était allergique aux marguerites.

– Comment as-tu pu oublier ? s'exclame Madame Adler.

– Je... balbutie Jake en se grattant la nuque. Enfin, je me souvenais qu'il y avait quelque chose entre Mia et les marguerites. Je croyais que c'étaient ses fleurs préférées. Le coup de l'allergie a dû m'échapper.

Je lui tapote le bras.

– Pas grave. C'est trop mignon.

Maman approuve d'un geste :

– Ça partait d'un bon sentiment. Nous allons vous débarrasser de ces fleurs. Amusez-vous bien.

– On pourrait peut-être les déposer chez Jess, suggère Madame Adler en soulevant l'essuie-glace. Elle a tellement le cafard, depuis la mort de son chien.

– Bonne idée. Et moi, j'ai fait des cookies au citron...

Dès qu'elles entrent dans la maison, je me détache de Jake.

– Merci de m'avoir soutenue.

– Pas de souci, dit-il en fourrant les mains dans ses poches. Elles viennent d'où, ces fleurs, au fait ?

Après un dernier regard sur le message, je le range dans mon sac.

– Oh ! juste quelqu'un de la troupe de théâtre. C'est rien.

Il émet un sifflement.

– Peut-être que tu pourras aller au bal, finalement.

Je me sens rougir.

– On verra. C'est un peu tôt pour le dire.

– Ouais. N'oublie pas de parler de tes allergies à Monsieur Théâtre avant qu'il t'offre tout un bouquet.

Il a lâché ça, l'air moqueur, en s'appuyant contre le coffre de ma voiture. Pour toute réponse, je descends l'allée en haussant les épaules, si bien qu'il doit me rejoindre à grands pas. Au fond, je n'ai aucune envie de lui parler de Ben. Peut-être parce que j'ignore où tout ça va nous mener, à commencer par le bal de fin d'année. D'autant qu'il n'y a peut-être rien à en attendre. Difficile à dire. Surtout à quelqu'un qui passe pour mon petit ami. Quelqu'un que j'ai embrassé à plusieurs reprises. Même si c'était de la comédie.

On traverse la rue sans dire un mot en direction de sa voiture. D'un seul coup, il me dépasse pour rejoindre sa portière mais, au lieu de s'asseoir, il me regarde d'un drôle d'air.

Alors que j'arrive, il ouvre, toujours sans entrer.

– Mia ?

– Oui ?

– Je n'avais pas oublié ton allergie aux marguerites. La sortie scolaire de CM1 au Centre Nature.

Tu te rappelles ? Tu t'es mise à éternuer tellement fort que j'ai dû t'emmener dans la cour pendant que Madame Conrad appelait ta mère pour qu'elle vienne te chercher.

– C'est vrai, ça m'avait échappé. Tu es même rentré avec nous.

– Ça t'ennuyait de rater la fin de la journée. Je ne voulais pas que tu sois triste. Enfin, tu vois, je n'ai pas oublié.

Je suis plutôt touchée qu'il conserve de si vieux souvenirs.

– Merci.

Il me décoche un sourire avant de sauter dans la voiture. Je m'assieds aussitôt, tandis qu'il met la radio à plein tube et puis démarre.

Durant les trois minutes de trajet jusqu'au cinéma, on n'échange pas un mot, mais je ne peux m'empêcher de lui jeter sans cesse des regards en coin, comme attirée par un aimant. Je le dévisage, de ses boucles brunes à sa mâchoire, en passant par le grain de beauté sur son oreille droite. Mais aussi cette façon qu'il a de tapoter sur son volant, au rythme des chansons.

Il a l'air différent, pourtant il n'a pas changé. Je ne comprends pas ce qui se passe.

JAKE

J'arrive en retard pour récupérer Mia.

Elle va me tuer. Autant dresser tout de suite ma pierre tombale.

Arrivé dans le hall d'entrée, je m'aperçois qu'elle n'est pas là, alors je franchis la porte arrière du théâtre. Il fait si sombre à l'intérieur que je crois d'abord la salle déserte. Il n'y a qu'un projecteur allumé au centre de la scène. Je grimpe l'escalier quand je l'aperçois.

Les yeux brillants de concentration, elle lève la tête pour chanter une rime. Je ne comprends pas ce qu'elle dit, car elle s'interrompt en râlant contre elle-même. Ses cheveux noirs tournoient autour de son visage et elle doit s'arrêter deux fois pour les écarter. La lumière lui tombe droit dessus, lui donnant un air d'apparition. Une vision.

Elle clame encore quelque chose, un peu plus fort, cette fois, virevolte mais trébuche. Je me précipite pour l'aider, cependant, quelqu'un d'autre me devance, un type qui se tenait dans l'ombre. Mia doit le connaître, car elle lui saisit le bras en rigolant.

Oui, en rigolant. Depuis quinze ans qu'on se connaît, la seule fois où je l'ai entendue rigoler si fort, c'est après s'être fait retirer ses dents de sagesse, quand elle était encore sous antalgiques.

Je m'éclaircis la gorge. Aussitôt ils se séparent. Elle plisse des yeux dans ma direction.

– Jake ?

– Je viens te chercher. Je croyais que la répétition était terminée.

– Ah oui, depuis un bon moment. Ben essayait juste de... euh... de m'entraîner un peu. Il joue dans la comédie musicale.

Elle tousse, se frotte les mains comme si elle était punie.

– Ben, voici Jake.

Le mec me tend la main et je la serre malgré moi, histoire de ne pas passer pour un abruti.

– Désolé, dit-il, je ne voulais pas retenir ta copine.

– C'est...

– Oh, non, Jake n'est pas mon petit ami ! s'empresse d'expliquer Mia. C'est juste... un voisin. On se connaît depuis des années. Voilà, nos mères voulaient absolument qu'on sorte ensemble, mais ça n'arrivera jamais. On a juste élaboré un petit scénario pour leur faire croire que leur rêve se réalise. En fait, il ne se passe rien du tout.

Ben éclate de rire. Je crois bon d'intervenir :

– Autrement dit, on ne sort pas ensemble.

– C'est bon à savoir, commente-t-il en lui caressant le bras. Il faut que j'y aille, mais on se voit à la prochaine répétition ?

– Oui, bien sûr.

Elle pouffe de rire et mon cœur se serre. Je ne sais pas pourquoi. Elle adresse des signes à Ben jusqu'à ce qu'il disparaisse, puis se tourne vers moi. Son air joyeux la quitte instantanément.

– Quoi ?

– Rien. J'attendais juste que tu finisses de baver sur lui. C'est tout.

– Mais je ne... je...

– Ça va, dis-je en sautant de la scène. C'est lui, Monsieur Théâtre ?

– Oui...

– Pourquoi tu lui as balancé notre plan ? Je croyais que c'était un secret.

Elle me rejoint en courant.

– Je ne sais pas. Ça m'a échappé. Avec Ben, c'est différent.

– Ça veut dire quoi, au juste ?

Elle se contente de hausser les épaules.

J'ignore pourquoi sa réaction m'irrite à ce point. On s'était promis de ne rien dire à personne, sauf à Aly et Rose. Je n'en ai même pas touché un mot à Greg à cause de sa langue bien pendue. Pourtant, je lui ferais davantage confiance qu'à ce théâtreux.

– Qu'est-ce que tu répètes, au juste ? Tu ne fais pas partie de la pièce.

Surprise par mon ton agacé, elle me décoche un drôle de regard tandis qu'on se dirige vers la porte du fond.

– Je... je voulais juste essayer quelques scènes. Qu'est-ce que ça peut te faire, d'abord ?

– Rien. Je trouve que ça vous fait perdre votre temps. Et à moi aussi.

Elle ouvre et ferme plusieurs fois la bouche avant de lâcher :

– On ne pouvait pas déranger les répétitions. Ben a proposé de m'aider, une fois les filages terminés.

– Je ne comprends pas, dis-je malgré moi. Tu te charges des photocopies et des courses. Qu'est-ce que tu cherches sur cette scène, au juste?

Apparemment, j'ai visé dans le mille, car son expression vire à la rage. Elle claque la main contre le capot de ma voiture.

– Désolée de vouloir essayer quelque chose de nouveau. Et, pour ton information, je me charge des photocopies et des courses, parce que c'est tout ce que je sais faire. C'est vrai, je ne sais ni chanter ni danser. J'en suis consciente. Je ne me fais aucune illusion. Mais, au moins, j'essaie.

À croire que tout ce qu'elle refoulait jaillit soudain, comme d'une boîte de Pandore. Et je ne peux pas l'arrêter. D'accord, c'est moi qui ai commencé – qui ai fait sortir l'ours de sa tanière – mais je ne m'attendais pas à ça.

– Ça va, désolé...

Sauf qu'elle n'a pas terminé.

– Je sais que c'est nul, pas besoin de me le dire. Je n'ai qu'à regarder Lyndon répéter en rêvant qu'un jour je puisse jouer un premier rôle, moi aussi. Sauf que moi, au moins, j'essaie de réaliser mes rêves. Pas comme toi.

Je lève les bras, l'air de me rendre.

– C'est bon, qu'est-ce que tu veux que j'y fasse?

– Tu n'es qu'un crétin. Tu pourrais tirer quelque chose de ta musique, mais non. Tu la jettes. Je déteste que les abrutis de ton genre gâchent ainsi leur talent. Tu es le plus nul de tous.

Elle plaisante, là? Je me penche vers elle en m'appuyant sur le capot:

– Je suis nul?

Imitant ma position, elle se retrouve face à moi:

– Tout ce que je sais c'est que, si je possédais la moitié de ton talent, je ne le gâcherais pas comme toi. Tu ferais mieux de prendre ta vie en main comme lui.

Je serre les dents. Elle n'a pas articulé son nom, mais je sais aussi bien qu'elle de qui elle parle. Comme si elle en avait le droit. Elle était la seule présente quand Finn est parti. Le seul témoin de mon abandon. Elle est même venue passer du temps avec moi, afin que je ne me sente pas trop seul. On restait là, à regarder la télévision, jusqu'au dîner. Ça a duré des semaines. Elle comprenait ce que je ressentais. Elle me comprenait.

Du moins, je le croyais.

– Wouah. En deux minutes, tu m'as traité de crétin, d'abruti et de con, dis-je en comptant sur mes doigts. Tu as quelque chose à ajouter ?

Haussant le menton, elle se met à reculer :

– Oui. Je prends le bus.

– Comme tu voudras.

On se fixe un instant, avant de se détourner en même temps. Je saute dans la voiture, enfile la clé de contact puis sors du parking sans regarder dans sa direction.

Cependant, je ne vais pas loin car j'ai beau être fou de rage, je ne suis pas complètement débile. Elle peut dire ce qu'elle veut, je ne vais pas la planter là toute seule en pleine nuit. Ce serait complètement nul de ma part. Sauf que je ne vais pas non plus reculer pour elle.

Alors, je me retrouve à stationner au bout de la rue pendant vingt minutes, en attendant l'arrivée du bus. Assise sur le banc les bras croisés, Mia jette un regard noir à toutes les voitures qui passent. Deux mecs s'arrêtent pour lui parler, mais je n'ai pas le temps d'aller l'aider, elle leur balance des réponses qui les font fuir.

Malgré ma colère, je ne peux réprimer un sourire en regrettant de n'avoir pas entendu ce qu'elle leur a dit. C'est une sacrée dure à cuire quand elle le veut. Sa seule vraie qualité.

Je suis le bus jusqu'à la maison en me cachant dans la file de voitures. Mia descend à l'arrêt en haut de notre rue et continue à pied. Elle sort son téléphone. Sans doute pour appeler Ben afin de décider ce qu'ils vont faire à la prochaine répétition.

Je balance une claque sur le volant avant de couper le moteur. Qu'est-ce que ça peut me faire ? On n'a plus beaucoup de temps à passer ensemble. Après, Mia pourra faire ce qu'elle voudra avec Monsieur Théâtre. Ça ne me regardera plus.

En sortant de la voiture, je claque la portière si violemment que l'écho traverse toute la rue, faisant sursauter un chat de gouttière qui s'enfuit. Mais attirant aussi deux chiens qui arrivent en aboyant.

Tout ce bruit doit gêner les voisins, seulement je m'en moque. À ce stade, je me fiche de tout. Y compris de Mia et Machin Chose.

MIA

Madame Lacey griffonne une série de nombres au tableau et son écriture devient de plus en plus illisible.

– N'oubliez pas de travailler ces exercices pour le test de la semaine prochaine. Concentrez-vous surtout sur le...

Je sais que je devrais les recopier, mais je n'arrive pas à me concentrer sur ce qu'elle dit. Notre dispute d'hier soir avec Jake ne me sort plus de la cervelle.

Pour la première fois de ma vie, je dois reconnaître que je me suis conduite comme une gamine capricieuse. Je suis allée trop loin. Je m'en rends compte.

Aussi, pourquoi ai-je ainsi mentionné Finn? C'était nul. Comme si je lui arrachais un pansement sur une blessure à vif. Je savais pertinemment que c'était le meilleur moyen de lui faire mal.

Après le départ son frère, il était effondré, au point de complètement se replier sur lui-même. Je ne l'avais encore jamais vu dans cet état. Il lui a fallu des mois pour se remettre. À présent encore, je le surprends à jeter des regards par-dessus son épaule comme s'il s'attendait à voir Finn apparaître. Et là, son expression se teinte brièvement de tristesse.

Mais il m'a fait mal en m'accusant de ne rien avoir à faire au théâtre. J'étais déjà gênée après avoir répété avec Ben. Il s'est efforcé d'être gentil mais je l'ai bien vu sursauter une ou deux fois quand j'ai essayé d'atteindre une note haut perchée. Et voilà que Jake rapplique avec ses insultes. Comme s'il avait tous les droits, tous les pouvoirs...

Laisse tomber. Respire un coup, Mia, et oublie.

Je respire profondément pour faire sortir le Yoda en moi avant de présenter mes excuses à Jake. Enfin, pas vraiment des excuses, parce que, quand même, c'est lui qui a commencé. Mais je n'ai rien fait pour arranger les choses, alors c'est à moi de lui tendre le rameau d'olivier.

Quand la sonnerie retentit, Madame Lacey se met à effacer le tableau.

– Bien, n'oubliez pas, je serai absente les prochains jours. Je me rends au mariage de mon cousin à Boston, mais j'ai laissé mes instructions au professeur qui va me remplacer. N'en profitez donc pas pour vous reposer. Vous avez un test qui vous attend à mon retour.

Mince, je me suis encore laissée aller. Je cherche autour de moi quelqu'un qui puisse me prêter sa copie, mais la moitié de la classe se dirige déjà vers la porte. Heureusement, j'attrape au vol Mindy Lee qui m'explique l'exercice avant de filer à son tour. Après avoir rangé mon classeur, je me précipite vers le couloir, en direction du casier de Jake. Il n'est pas encore arrivé, alors je me cache derrière la porte de la classe.

Une main se pose sur mon épaule et je sursaute, agite les bras :

– Je fais du karaté. Recule !

– Mia ?

Je cligne des yeux, baisse les bras.

– Oh ! Salut, Rose.

Elle s'adosse au mur en riant, faisant claquer ses ongles vernis sur son livre.

– Qu'est-ce que tu fais ?

Je m'efforce de prendre un air nonchalant.

– Tu sais, je traîne un peu.

– Derrière une porte ? s'écrie-t-elle, non sans un regard vers les casiers. Si tu voulais voir Jake, tu viens de le rater.

À mon tour de rire, quoique sans conviction. Je tire sur la courroie de mon sac.

– Non, qu'est-ce qui te fait croire que je le cherche ? Je lisais les annonces sur le panneau d'affichage. L'audition pour l'équipe de danse a lieu la semaine prochaine, tu as vu ? Mais, bon... si je le cherchais, d'après toi, où est-ce qu'il serait ?

– Pas sûre. Je l'ai vu partir en voiture un peu avant le déjeuner.

Wouah, Jake qui sèche les cours ? Il n'a encore jamais fait ça. Fallait-il que quelque chose le préoccupe ! J'en ai le cœur lourd de culpabilité.

J'espère que ce n'est pas à cause de l'incident Finn. Rose me prend le bras.

– Je peux te demander quelque chose ?

– Euh... oui.

Ses yeux bleus étincellent d'excitation :

– Dis-moi tout... Tu fais vraiment du karaté ?

Je lève les mains en mimant une prise.

– Oui ! Ceinture noire, toute dernière collection d'automne Michael Kors. Soixante pour cent de réduction.

Éclatant de rire, elle m'entraîne vers la porte.

– Je voulais aussi te demander si Jake t'avait parlé du festival de musique de la semaine prochaine ? C'est réservé aux musiciens débutants.

– Et ?

– Et il réagit comme un abruti.

– Du pur Jake.

– Comme tu dis. Je suis amie avec Kathy, la coordinatrice, et je lui ai obtenu une place pour qu'il puisse chanter. L'ennui, c'est que je ne sais pas s'il y tient tant que ça.

Un groupe d'élèves de seconde passe devant nous en courant et je m'écarte, attirant Rose avec moi vers la fenêtre.

– Qu'est-ce que tu veux que je fasse ?

– Je voudrais que tu fouilles sa chambre à la recherche de quelque chose qui pourrait ressembler à une démo. Je le ferais bien moi-même, mais il nous a pratiquement interdit, à Greg et à moi, de venir lui rendre visite, car on a trop insisté sur le sujet. Sans compter que, puisque vous « sortez ensemble » tous les deux, ce serait plus facile pour toi d'y entrer.

– Je pourrais, mais je ne sais pas...

– S'il te plaît ? J'ai essayé mille fois de demander à Jake, seulement il est trop têtu.

– Ce n'est pas le genre à céder, dis-je en tirant sur ma queue-de-cheval. Enfin, ça a pu arriver, quand j'insistais vraiment. Jusqu'à traverser la ville pour trouver un nouveau pot d'orchidées que j'ai laissé mourir après avoir promis à maman de m'en occuper.

Les lèvres de Rose se mettent à trembler, mais elle s'efforce de rester sérieuse.

– Même si tu l'insultes, sûr que ça passera pour un compliment.

– Absolument pas. Je dis juste la vérité. C'est tout.

– Écoute, souffle-t-elle en secouant la tête, il faut que je rejoigne Greg, mais appelle-moi si tu trouves quelque chose dans sa chambre. Et merci pour ton aide.

– Pas de souci. Attends une seconde, je n'ai pas dit que j'allais t'aider...

– Trop tard ! Tu ne peux plus reculer.

Là-dessus, elle détale en courant, bousculant au passage un couple comme si elle se trouvait sur un terrain de foot.

– Je t'invite à déjeuner ! Merci encore !

Et moi qui cherchais comment m'excuser auprès de Jake sans trop en dire, voilà que maintenant je dois carrément me mêler de sa vie privée. Finalement, je ferais peut-être mieux de m'excuser plus tard... pour le crime que je vais commettre.

En fin de compte, ça n'a pas été trop difficile de me glisser chez lui, car j'ai utilisé la clé de maman. On passe constamment d'une maison à l'autre, sans compter que nos mères nous y envoient tout le temps pour nous obliger à nous voir. Comme si on avait besoin de fraises le samedi à quatre heures de l'après-midi.

Il n'y a personne chez lui, du coup, je me faufile direct dans sa chambre. La porte entrouverte grince légèrement et j'ai beau savoir que je suis seule, ça me gêne un peu. Comme d'habitude, sa chambre est super-bien rangée. Rien par terre. Ses chaussures sont alignées devant la bibliothèque, avec tous ses livres disposés dans le bon sens. On se croirait dans un magazine. Tout le contraire de ma chambre. Voilà un mois que je n'ai pas fait mon lit.

Une seule chose traîne sur son bureau, son ordi. Allumé. Ma meilleure chance.

Retenant mon souffle, je tapote sur le clavier, mais apparaît la demande du mot de passe. Mince. J'essaie son anniversaire, puis celui de Madame Adler, puis celui de Finn et même « Frères Adler », sans résultat. Pour tout arranger, il ne me reste que deux essais.

J'inspecte le bureau, la bibliothèque, sans trouver aucun indice. Je suis sur le point d'abandonner. Ce pourrait être n'importe quoi. Son film préféré. Son amour secret. Un surnom.

C'est alors qu'apparaît une photo coincée entre un cahier de biologie et le premier tome du *Seigneur des anneaux*. Elle glisse par terre et je la saisis. À ma grande surprise, c'est un cliché de Jake et moi le jour d'Halloween, quand on avait six ans. Maman et Madame Adler nous avaient déguisés en membres du Dynamic Duo coréen. Pourquoi garde-t-il cette photo ?

Je regarde de nouveau l'ordi en me mordant les lèvres. Un surnom... pas possible.

À court d'idée, je m'assieds dans le fauteuil, tape « DynamicDuo » et bim ! Gagné !

Après un petit cri de victoire, je clique sur son navigateur mais, sans me laisser le temps de fouiner, les courriels de Jake apparaissent et je reste abasourdie devant la longue liste de messages non ouverts de Finn. Combien lui en a-t-il envoyé ? La page n'en finit plus. Presque un par semaine depuis un an.

Je ne savais pas qu'ils étaient restés en contact. Encore que c'est un bien grand mot...

Une chose est sûre, Finn meurt d'envie de renouer avec lui mais, apparemment, c'est Jake qui refuse. En quoi il a certainement tort. Après tout, ce sont deux frères. On ne peut pas renier sa famille à jamais.

Qui sait... il a peut-être besoin d'un coup de main pour le ramener dans le droit chemin. Quelqu'un qui sente que c'est important, quoi qu'il en dise. Au fond, je sais bien qu'il n'aspire qu'à revoir Finn. Ça ne sert à rien de l'ignorer ainsi. Ils sont frères quand même.

Pensive, je me mordille le pouce en voyant tous ces courriels littéralement étinceler devant moi. Impossible d'en détourner les yeux. À présent, je me sens obligée de faire quelque chose.

En même temps, il sera furieux si je m'en mêle, sans doute au point de ne plus vouloir me parler. Cela dit, comme on a l'intention de se séparer à jamais, je suis sans doute la mieux placée pour remplir ce rôle. La seule, pour tout dire.

Avant de complètement perdre mon calme, je prends une photo de l'adresse électronique de Finn, la fourre dans ma poche. Mais, alors que je commence à ouvrir ses dossiers, j'entends une voiture remonter l'allée. D'un coup d'œil vers la fenêtre, j'aperçois Madame Adler en train de se garer.

Terminé. Je ferme l'ordi et me glisse au dehors juste au moment où elle entre. Elle sursaute en m'apercevant, porte les mains sur sa poitrine.

– Oh, mon Dieu, Mia ! Tu m'as fait peur.

– Pardon, je voulais juste déposer... le sweat que Jake m'a prêté l'autre jour. Je l'ai lavé.

– Très bien, c'est gentil. Tu veux l'attendre ici ? Je ne crois pas qu'il rentre avant une bonne demi-heure, ça me laissera le temps de préparer un dîner pour tout le monde.

J'ai déjà rejoint la porte d'entrée.

– Non merci. Je dois retrouver Aly. Et puis, j'ai des tonnes de devoirs pour demain. À bientôt !

– Mais...

Tandis que je me glisse au dehors puis cours traverser la rue, une idée me trotte dans la tête. Rose va me devoir un sacré déjeuner.

JAKE

J'achève de ramasser les feuilles sur la pelouse quand une Accord bleu marine se gare devant la maison de Mia. Ben en sort d'un pas décidé.

Mince, si Madame Le est toujours là, notre couverture est grillée.

Lâchant le râteau, je me précipite vers le perron et lui attrape de justesse le poignet au moment où il va sonner.

– Hé, qu'est-ce que tu fais ?

– Salut, Jake ! Je voulais voir si Mia allait bien. Elle n'est pas venue à la répétition, aujourd'hui.

– Je crois qu'elle avait un truc avec sa mère.

– Ah, d'accord ! Tu pourrais me lâcher, là ?

Je m'aperçois que je l'agrippe toujours.

– Pardon, dis-je en le lâchant comme une patate chaude. Mia ne va pas rentrer avant un moment.

– Oh ! j'aurais dû appeler avant.

– Effectivement, dis-je en croisant les bras. D'autant que nos mères croient qu'on sort ensemble, je te rappelle !

– Merde ! J'avais complètement oublié.

Bien qu'il soit plus grand que moi, je me redresse pour le regarder dans les yeux.

– Je lui dirai que tu es passé.

– T'inquiète. Je vais lui envoyer un texto.

– Ah ! Je vois que tu as son numéro. Bon, j'ai encore du travail, je te laisse.

Il regagne sa voiture ; pour un peu, je souhaiterais qu'il trébuche sur une pierre.

– D'accord, lance-t-il. Merci. J'étais content de te revoir. On devrait s'organiser quelque chose, tous ensemble.

– Oui, bonne idée !

Je ne quitte le jardin des Le qu'une fois qu'il a démarré.

Après ma douche, je me frotte les cheveux en regardant par la fenêtre. La maison de Mia n'est toujours pas éclairée. En fait, rien n'y a bougé de la journée. En regardant le ciel, j'ai une idée. Une rapide recherche en ligne me rend le sourire. À présent, je sais où se trouve Mia.

J'attrape deux esquimaux à l'orange dans le freezer et sors par la porte du fond pour que maman ne me voie pas, puis me précipite vers la maison des Le. La grille du jardin est fermée, mais je me glisse à travers une planche bancale que Madame Le promet depuis des années de remettre en place.

De là, j'aperçois la silhouette de Mia perchée sur la terrasse de la minuscule maison. Appuyée sur ses coudes, elle contemple le ciel, comme si elle guettait un météore. J'étais sûr de la trouver là.

Le météore arrive au sixième rang sur la liste de ses objectifs. Juste après entrer à Poudlard et traverser la forêt amazonienne. Éléments qu'elle n'a pas encore pu cocher.

Je toussote pour attirer son attention.

– Tu as vu quelque chose ?

– Comment tu savais que j'étais là ? s'étonne-t-elle.

– Il y a une pluie de météores, cette nuit. Tu ne pouvais pas être ailleurs.

Là-dessus, je lui tends les esquimaux.

– D'accord, mais juste parce que je meurs de faim. Ces météores prennent leur temps.

J'escalade l'échelle métallique qui donne accès à cette « terrasse » relativement spacieuse, en tout cas assez pour nous permettre de nous allonger tous les deux.

– Tu vas peut-être devoir rester là jusqu'au matin, tu t'en sens capable ?

Tout en léchant déjà son esquimau, Mia me montre un coussin et une couette bleue à côté d'elle.

– C'est prévu. J'ai bien l'intention de cocher une ligne sur la liste cette année, même si c'est la dernière chose que je ferai de ma vie.

– C'est plus facile que de traverser la forêt amazonienne.

Je lui reprends l'autre esquimau, mords dedans. Tendre et glacé. Et un peu acide. Maman les a fabriqués avec des oranges fraîches qu'elle a achetées avant-hier.

– Alors, comment ça se passe entre toi et Ben ?

Elle lève vivement la tête.

– Quoi ?

Trop rapide, Jake. Je ne voulais pas en venir là tout de suite. J'aurais préféré y aller doucement, amener le sujet en douceur. Trop tard, maintenant.

– C'est que... il est passé, tout à l'heure.

– Oui, je sais, il m'a appelée.

– Ah, donc tu lui as parlé ! dis-je mal à l'aise. Qu'est-ce qu'il y a entre vous deux ? Vous sortez ensemble ?

Elle rougit.

– On... apprend à se connaître. Il est sympa.

Sympa ? Les scouts sont sympas, c'est sympa d'ajouter du beurre sur ses pop-corn. Dois-je comprendre qu'elle n'est pas attirée par lui plus que ça ? Ou au contraire, si ? Et qu'est-ce que ça peut me faire ? Je ne vois pas pourquoi j'y attache une telle importance. Juste... je voudrais bien savoir.

Sans plus rien dire, Mia continue de déguster sa glace en essuyant les gouttes qui commencent à lui couler sur la main. C'est à peine si elle fait attention à moi. Comme quand on était enfants. Quelque part, c'est agréable de constater que ces choses n'ont pas changé.

Ce moment de tranquillité ne dure que quelques minutes, pourtant j'ai l'impression qu'il s'étend sur une heure. Jusqu'au vent qui souffle trop fort dans les feuillages. Je sens les yeux de Mia posés sur moi mais, chaque fois que je la regarde, elle détourne la tête. On se rend très bien compte, tous les deux, qu'on se retrouve seuls pour la première fois depuis notre dispute.

Que faire ? En parler ? Ou la fermer à jamais ?

Franchement, je préfère la deuxième option. En même temps, je n'ai pas cessé de repenser à notre accrochage, ces derniers temps. Et ça m'obsède.

En fin de compte, je n'y tiens plus :

– Écoute, l'autre jour...

– Désolée, m'interrompt-elle en s'éclaircissant la gorge. Je regrette ce que je t'ai dit. Tu sais, sur toi et... Finn. Et tout le reste. J'ai déconné.

J'aurais cru que mon cœur se serrerait à l'évocation du nom de Finn, mais non.

– Ça va. Et moi, je suis désolé pour ce j'ai dit sur le théâtre. Je ne voulais pas...

– T'inquiète, dit-elle avec un geste de la main. Tu étais en colère et moi aussi. Alors, on fait la paix et on oublie, d'accord ?

– D'accord, mais quand même, j'avais tort. Tu es capable de faire ce que tu veux. Tiens, un jour, je verrais bien ton nom briller en lettres géantes sur Broadway.

– N'importe quoi ! Mais c'est gentil, merci.

Pouffant de rire, elle remonte les genoux sous son menton, les entoure de ses bras. J'ai envie d'insister, de dire que je l'en crois vraiment capable. Personne ne saurait surpasser Mia.

– Laisse-moi te poser une autre question, reprend-elle. Si tu pouvais parler à Finn, là, tout de suite, qu'est-ce que tu lui dirais ?

Je ne m'attendais pas à ça. Qu'est-ce que je lui dirais ? Je pousserais des cris, des injures ? Je viens de passer deux années à essayer d'oublier que j'ai un frère, franchement, j'ignore comment je réagirais devant lui.

C'était quelqu'un à qui je parlais tous les jours, du moins jusqu'à mes quinze ans. On chantait ensemble, on postait ensemble des vidéos sur YouTube. Lui seul comprenait à quel point la musique comptait pour moi, pour nous deux. Que c'était un moyen d'exprimer nos sentiments. Et ça nous rendait heureux. Je n'étais pas aussi doué que lui, mais j'aimais écrire des chansons. Il avait promis d'interpréter tout ce que je composerais. Pourtant, l'occasion ne s'en est jamais présentée avant son départ.

Nos trois mille abonnés connaissaient sa voix. À présent, ils l'ont oubliée. Je ne sais pas si je m'en souviendrais moi-même. Râpeuse ? Comme la mienne ? Est-ce qu'il bégayait aussi ? Ridicule. Bien sûr que non.

Comme si elle percevait mon désarroi, Mia me caresse doucement l'épaule :

– Je voulais te dire... s'il te manque, tu pourrais peut-être lui laisser une chance d'arranger tout ça.

– Il ne mérite pas de seconde chance.

– Tout le monde en mérite une. J'adore ton frère. J'aimerais même que ce soit mon frère, bien que je le trouve peut-être trop sexy. Ça deviendrait un peu bizarre, à la *Game of Thrones*. Ce serait plutôt un cousin éloigné...

Elle n'achève pas sa phrase, l'air songeur. Préférant ne pas savoir à quoi elle pense, je claque des doigts sous son nez. Elle sursaute.

– Oh, pardon !

D'un seul coup, elle me prend le visage entre ses mains ; j'ai un réflexe de recul, mais elle insiste, aussi doucement que fermement. Sans plus me laisser bouger. Elle peut se montrer sacrément forte, quand elle le veut. Pourtant, ça vient de la fille qui n'a jamais pu tirer sa propre valise à l'aéroport.

Les rayons de lune lancent des étincelles dans ses yeux plus sombres que jamais.

– Vous êtes frères ! Vous vous aimez. Il va bien falloir régler ça un de ces jours. Autant ne pas perdre de temps.

À l'entendre, il n'y a rien de plus simple. Entre frères, tout s'arrange. Sauf qu'on n'est pas en pleine comédie avec une fin heureuse au bout d'une heure et demie. Ce serait trop facile. Rien qu'à l'idée de le revoir, je me crispe, j'ai mal au crâne. Je ne sais pas comment je vais supporter cette croisière si on ne se réconcilie pas avant.

– Tu peux aimer quelqu'un qui n'est jamais là ?

J'ai dit ça en plaisantant. Enfin, à moitié.

Même si j'avais envie de pardonner à Finn, je ne sais par où commencer. J'ai passé trop de temps à le haïr, à l'ignorer. Le moyen d'enterrer la hache de guerre désormais ? De nous réconcilier ? Aucune idée.

– Laisse faire la nature, répond-elle. Vous êtes frères.

Elle finit par me lâcher, non sans me regarder dans les yeux. Je pourrais compter ses cils si je le voulais. L'embrasser encore, si je le voulais.

Mais non. Je me demande pourquoi cette idée m'a seulement effleuré.

– Tu n'as pas trop le choix, insiste-t-elle. C'est comme pour nous. On comptera toujours l'un pour l'autre, qu'on le veuille ou non.

Elle a raison et je commence à me dire que Mia pourrait tenir une place plus importante dans ma vie que je ne l'avais prévu au départ.

– Attention. On va croire que tu as envie de me garder dans ta vie. Dis-moi...

– Mais non ! coupe-t-elle. Même pas si j'avais besoin d'un rein et que tu étais la seule personne compatible.

– Ouille ! Ne perds pas ton temps avec ce genre d'idée !

Elle me répond d'un large sourire. Deux fossettes lui creusent les joues. Je lui rends la pareille, bien qu'au départ, elle m'ait littéralement insulté.

Cependant, avant de me laisser répondre, elle me saisit le bras, désigne le ciel :

– Attends ! C'en est un, là ? Non ?

Je ne vois que quelques nuages, puis distingue une fine lumière qui trace le ciel nocturne. Lentement. Beaucoup trop pour un météore.

– Je crois que c'est juste un avion.

– Ah bon ?

Sa déception me ferait presque fondre. Je n'ai pas envie de lui gâcher son plaisir.

– Non. Tu as raison, c'est bien un météore. On devrait peut-être faire un vœu.

C'est la deuxième fois que je mens, ce soir, mais elle a l'air si heureuse, les mains plaquées sur le cœur ! Et je ne peux m'empêcher de contempler ce visage éclairé par la blanche lumière de la lune. Ça me fait du bien de me trouver auprès d'elle. Détendu, content.

– Je vais pouvoir au moins cocher cette ligne, déclare-t-elle. On peut aller se coucher, maintenant.

– Tu as raison.

Je n'ai pas très envie de me lever, mais je ne trouve aucune raison à lui opposer. D'autant qu'elle a l'air pressée. Elle dévale l'échelle après moi, je vois d'abord ses jambes nues, puis ses fesses dans le petit short de coton que maman lui a offert à Noël.

Merde. Merde. Merde. Je me hâte de détourner les yeux, mais ma bouche et ma gorge restent sèches et mes bras ne répondent plus. Du moins jusqu'à ce qu'elle arrive à ma hauteur. Là, je lui encercle les cuisses et puis... L'erreur de ma vie.

Elle sursaute.

– Qu'est-ce que tu fiches ?

– Pardon, c'était... une abeille ou je ne sais quoi.

Je toussote, tâche de m'écarter, sauf que mes membres refusent d'obéir, collés à l'échelle comme des moules sur un rocher.

– Jake ?

Je relève la tête vers elle, m'aperçois qu'elle penche le visage vers moi. Si seulement j'étais un peu plus grand... je pourrais remonter jusqu'à sa joue, peut-être l'embrasser...

Mince.

Je reviens à la réalité.

Qu'est-ce qui me prend ? Je ne devrais pas penser à Mia comme ça. Pourtant, depuis que cette image de baiser m'a jailli dans la tête, je n'arrive plus à m'en détacher. Il faut que je fasse un effort physique prodigieux pour m'écarter de la minuscule maison. De Mia. On doit s'en aller d'ici avant que je ne commette une gaffe supplémentaire.

Sans faire attention à la distance qui me sépare encore du sol, je saute des échelons.

Dans un léger bruit de chute, elle atterrit près de moi. J'ignore si elle a sauté trop vite ou si ses pieds ont pris la mauvaise posture, mais la voilà qui défaillit. Instinctivement, je l'attrape par les épaules.

– Merci, souffle-t-elle. Ça m'a fait drôle. J'ai eu le vertige.

Accrochée à ma chemise, elle me dévisage de si près que je distingue ses taches de rousseur. Juste deux. Elle s'en plaignait sans cesse quand on était petits, surtout que personne d'autre n'en avait parmi nos amis.

Elle se lèche les lèvres et mes mains se crispent. D'autant que ses doigts se pressent contre mon dos. Une brise légère nous apporte de vagues odeurs de marguerites et de fumée. Qui fait encore des barbecues à cette heure de la nuit ?

Mon cerveau me crie de lâcher Mia avant de passer pour un dingue, mais je n'y arrive pas. Malgré mes nerfs en feu, je ne me suis jamais senti aussi bien de ma vie. J'ai juste envie de la tenir ainsi à jamais. J'adore ça.

Cette découverte me frappe si fort que je rouvre automatiquement les mains, puis recule de quelques pas, le souffle court.

– Oh merde !

Cessant d'épousseter son short, elle lève des yeux étonnés.

– Quoi ?

– Oh... euh... rien.

Je tousse en me grattant la tête. Je ne voulais pas dire ça à haute voix.

– Non, je disais que ça serait nul si ton vœu ne se réalisait pas.

L'excuse la plus débile de ma vie. D'ailleurs, Mia ne me croit pas un instant. Ça se voit à son expression. Au lieu de s'en tenir là, elle croise les bras.

– Tu sais, si tu t'inquiètes vraiment pour mon vœu, tu n'as qu'à répondre la prochaine fois que Finn t'appellera.

– Pourquoi tu veux...

Je la dévisage un instant.

– C'était ça, ton vœu ? Tu guettes un météore pendant des années et c'est tout ce que ça te fait ?

Au lieu de me répondre, elle se glisse une mèche derrière l'oreille en souriant. D'un petit sourire heureux qui me frappe comme la foudre.

– Bonne nuit, Jake.

MIA

Il est près d'une heure du matin. Maman dort déjà, je n'ai donc plus qu'à me glisser dans ma chambre et me coucher. J'essaie de dormir, mais cette conversation avec Jake me trotte dans la tête. Ou plutôt ce qu'il n'a pas dit. Son expression quand je lui ai parlé de Finn. Ses hésitations avant de répondre. La tristesse de son regard.

Certes, il n'a pas avoué qu'il voulait le revoir, mais c'est exactement l'impression qu'il m'a laissée.

Du coup, je me relève, prends mon ordi par terre, me glisse à nouveau entre mes draps et reprends le courriel que j'avais commencé à écrire cet après-midi.

Salut Finn,
Ça fait un bout de temps ! Tu dois être étonné que je t'écrive. D'autant qu'on ne s'est plus parlé depuis ton départ, il y a deux ans. J'ai vu tes messages sur l'ordi de Jake et ça m'a donné envie de te dire... Comment ça va ?
Bon, ce n'est pas juste ce que je voulais te dire. Mais, tout de même, comment ça va ? Comment

ça se passe sur le bateau? Le grand luxe?
Tu vois tout le temps des dauphins et des baleines?
Je parie que tu es encore plus bronzé et magnifique qu'avant. 🙂
Ça se passe très bien avec maman. On habite toujours en face de votre maison et on va toujours manger des dimsum tous les dimanches au Royal House. Ils ont fait des travaux l'année dernière. C'est encore plus grand qu'avant. Il y a davantage d'espace entre les tables. Ça fait assez de place pour une cinquième personne au cas où tu aurais envie de passer nous voir...
Pendant que j'y pense, tu as l'intention de revenir? Tu manques terriblement à Madame Adler et, bien que Jake ne le dise jamais, je sais que c'est pareil pour lui. Il est têtu, mais ça se voit comme le nez au milieu de la figure.
Par exemple, il ne répond à aucun de tes courriels, il ne les lit même pas, pourtant, il les a tous gardés. Ça veut bien dire quelque chose, non?
Alors, viens nous voir avant qu'il soit trop tard.
Mia

Et voilà. Court et droit au but. Bon, j'ai peut-être brodé un peu, le message est passé.

Avant de trop m'énerver, j'appuie sur la touche « Envoi » et ferme le clapet de mon ordinateur dans un soupir. C'est fait. Pas moyen de revenir en arrière. Il me reste juste à voir quand et comment Finn va répondre. Ensuite... je ne sais pas trop.

De toute façon, Jake en sera soit reconnaissant, soit furieux. Au moins j'aurai tenté le coup. Il fallait que quelqu'un le fasse.

J'étais tellement prise par ce courriel à Finn que j'en ai oublié mes devoirs. Et comme je ne tiens pas à me prendre un zéro et que maman soit furieuse, je saute le petit déjeuner. Du coup, à midi, je meurs de faim, mais je ne souhaite pas risquer ma vie à manger ce machin grisâtre dans mon assiette. D'après la cafétéria, c'est un « burger », sauf que je suis certaine de l'avoir déjà vu, il y a deux mois, quand on a étudié les champignons et moisissures au cours de sciences.

Je vais essayer de me contenter du fromage râpé au-dessus. De tout ce que contient mon assiette, c'est à peu près la seule chose qui me semble à peu près comestible. C'est là qu'on vient me frapper la tête avec un dossier.

– Pourquoi tu regardes ton déjeuner comme si tu attendais qu'il te saute à la figure ?

– Ça ne me dérangerait pas. Au moins je saurais qu'il est encore frais.

Je me tourne alors que Jake s'assied près de moi. Je repère aussitôt le sac brun dans sa main.

– Qu'est-ce que c'est ?

Il l'agite devant moi comme un pendule.

– Ça ? Mon sandwich aux œufs, que j'allais jeter. Madame Saunders ne s'est pas pointée au cours, alors, avec toute la classe on est partis s'offrir une pizza.

Tout d'un coup remplie de l'espoir de ne pas mourir de faim, je tends la main.

– T'en as de la chance. C'est au moins la sixième fois qu'elle vous fait faux bond, non ?

– Oui. J'ai l'impression que le jour où elle aura fini d'organiser son mariage, elle aura perdu son boulot.

– Les gens feraient n'importe quoi par amour. Sinon, ce sandwich...

– Quoi. Tu le veux ?

– Tu vois bien que je meurs de faim.

– Tiens.

Enfin ! Ma main tente de s'emparer du sac, mais Jake l'écarte de ma portée.

– Promets-moi d'abord que tu t'occupes de la vaisselle la prochaine fois qu'on vient dîner avec maman.

– Quoi ? Même les casseroles ?

– Tout.

Je me mords les lèvres en réfléchissant. Maman prépare toujours d'énormes festins pour les Adler, au point qu'il ne reste souvent plus une assiette ni un couvert disponible à la cuisine, laissant un foutoir énorme derrière elle. Sans compter qu'elle n'utilise jamais le lave-vaisselle.

– Pas question, dis-je en croisant les bras.

C'est là que mon estomac se met à gargouiller. Au point d'alerter les gens de la table voisine. Comme s'ils n'avaient jamais entendu ce bruit-là. Un ours de mauvaise humeur.

Grrr...

– Bon, insiste Jake avec un sourire, promets-moi au moins de ne plus jamais me traiter de con. C'est tout. Juste une minuscule promesse pour ce délicieux sandwich aux œufs frais du Chef Adler.

Il a lancé cette dernière phrase plus fort qu'un présentateur de télévision.

– Tu es trop nul. Bon d'accord, je promets...

Je déglutis.

– Je promets de ne jamais...

Il sourit de plus belle :

– Jamais... ?

L'enfoiré ! On dirait qu'il boit du petit-lait. Serrant les dents, je hausse le menton.

– Laisse tomber. Ton malheureux sandwich ne vaut pas la peine que je renonce à ma dignité.

– Et si j'ajoutais un gâteau ?

– Je n'en vois pas un seul.

– Tu as raison, il y en a deux.

Là-dessus, il dépose le paquet sur la table, comme pour faire la paix.

– Je vais même te donner le premier gratos.

Il triche, maintenant ! Il connaît mes points faibles. Depuis toujours, j'adore les gâteaux à la crème. Quand j'étais petite, il m'en fallait un par jour. Et encore, je me retenais.

J'ai beau essayer de me raisonner, ma main se tend instinctivement vers la part de Jake. Et là, il me laisse faire. En moins de temps qu'il n'en faut pour le dire, la pâtisserie crémeuse se retrouve dans ma bouche, meilleure que jamais. Sans doute parce que je meurs de faim. J'ai un peu honte, mais difficile de m'en vouloir alors que je suis si contente. Ce sucre. Cette crème. Un goût de paradis, j'en suis sûre.

– Sinon, reprend Jake, je te cherchais pour une raison précise, pas juste pour te faire chanter. Même si c'est marrant. Voilà, tu veux que je te ramène chez toi ce soir ?

Je me lèche les doigts en revenant à la réalité.

– Oh, non ! Je vais chez Aly, pour travailler nos devoirs.

Pourquoi a-t-il l'air si déçu ? Mais il se reprend vite, change de position sur son siège.

– Tant mieux. Mais je voulais quand même te le demander.

– Merci.

Je m'attendais à le voir partir, mais non, il continue à se balancer comme s'il attendait quelque chose.

Et j'ai l'impression qu'à chacun de ses mouvements, sa chaise se rapproche de la mienne. D'un millimètre ? D'un centimètre ?

– Ça fait un moment que tu ne m'as plus appelée Bouboule, dis-je soudain.

– Pourquoi ? Ça te manque ?

Je détourne les yeux en rougissant et fais mine de m'éventer pour me donner l'air décontracté.

– Non, c'était juste une remarque.

Il se mordille un doigt, l'air pensif.

– Peut-être parce que... tu as changé.

Je penche la tête de côté.

– Tu veux me donner un autre surnom ?

Il me dévisage un instant en esquissant un sourire.

– Je ne sais pas encore lequel, mais je te tiendrai au courant.

Je ne sais pas si je dois le prendre comme un compliment, mais ça n'a rien d'agressif, alors j'évite de me montrer trop sarcastique.

– Finalement, tu vas chanter au festival ou pas ?

Il manque cracher l'eau qu'il vient d'avaler.

– Qu'est-ce que tu... comment tu le sais ?

– Ça me regarde, dis-je en lui tendant deux mouchoirs. Bon, d'accord, c'est Rose qui me l'a dit. Tu es gêné ?

– Pas du tout ! Je... je n'y vais pas, non, c'est tout. Pas la peine d'en parler davantage.

– C'est nul. Enfin, pas toi... juste d'agir comme ça.

– Ouille !

Préférant éviter une nouvelle dispute, je me hâte d'ajouter :

– Ne le prends pas mal. Mais je ne comprends pas. Tu as du talent, les gens ont envie de te voir. Tu devrais réaliser ton rêve.

– Qu'est-ce que tu en sais ?

– Arrête ! Tu as toujours rêvé de chanter devant un public. Sinon, pourquoi tu m'aurais donné tellement de « concerts » quand on était gamins ?

– Pour te torturer ?

– Ça a marché.

Une goutte d'eau scintille sur sa mâchoire et je l'essuie pour cesser de me laisser distraire. Je sens alors la rugosité de sa barbe naissante me râper le doigt. Jake contemple ma main, alors je la laisse retomber bruyamment sur mes genoux.

– Sérieux, oublie tout le reste. Oublie Finn et votre chaîne YouTube. Oublie ces deux dernières années. Il n'y a que toi et le festival. Qu'est-ce que tu veux faire ?

Il secoue la tête, brusquement, comme s'il voulait en chasser des idées.

– Je ne sais pas. Ce n'est pas si simple.

Je pousse un profond soupir. Il est peut-être encore un peu tôt pour lui.

– Et ce n'est pas très compliqué non plus. À ta place, si j'avais l'occasion de me produire sur une scène, rien ne m'arrêterait. Même pas Ryan Reynolds. Ni Ryan Gosling. Aucun Ryan ne pourrait m'arrêter.

Encore que ça ne me gênerait pas s'ils essayaient...

– Alors, qu'est-ce que tu attends ?

– Pour quoi faire ?

– Pour jouer sur scène ?

– Parce que c'est dur d'obtenir un rôle quand on n'a pas de talent, dis-je en riant. T'inquiète. Je m'y suis faite. Je ne suis pas du genre à être sous les projecteurs. C'est pour les gens comme Lyndon et Ben. Moi, j'agis dans les coulisses.

– Ah oui ?

Il se penche vers moi, pose le menton sur sa main.

– Je te verrais pourtant bien en scène. Sans mentir. Tu peux faire tout ce que tu veux. Ne te sous-estime pas. Tu es extraordinaire.

J'écarquille un peu les yeux, mais il n'a pas l'air de plaisanter. Sinon, il aurait le sourcil gauche un peu au-dessus du droit. Alors que je ne capte qu'une totale franchise dans son expression, ça me serre le cœur. Il y croit vraiment.

Maman m'a dit qu'elle me trouvait dingue avec cette histoire de théâtre. En fait, je pense qu'Aly est de son avis, mais qu'elle est trop gentille et loyale pour me le balancer en pleine figure. Moi-même, j'ai eu du mal à m'en convaincre. Ben s'est montré super-encourageant, sauf que je lisais le doute sur son visage chaque fois qu'on s'entraînait.

C'est la première fois qu'on me dit que je pourrais y arriver. Sincèrement. L'étonnant, c'est que cet encouragement provenait de Jake. Il sait pourtant très bien à quel point je suis nulle.

– Je sais déjà que je suis extraordinaire, dis-je en rejetant mes cheveux sur l'épaule. Mais merci.

– Pas de souci, rigole-t-il.

– Tu n'es pas mal non plus. Pas aussi fantastique que moi, mais bon. Tu devrais donner sa chance au festival.

Sa bouche s'ouvre et se ferme, comme s'il voulait dire quelque chose, mais il finit par secouer la tête.

– Écoute, je te promets de ne pas gâcher mon talent si tu promets de ne pas abandonner.

– Marché conclu, dis-je en lui tendant la main. Juré ou craché ?

– Attends, on a dix ans, ou quoi ?

Je souris en agitant le petit doigt.

– Parfois, j'en ai bien l'impression.

– Les choses étaient plus simples à cette époque.

Quand il me heurte le poing, je ne peux m'empêcher de penser au nombre de fois où on a fait ça enfants. Toutes ces promesses, tous ces secrets. Et puis, tout a capoté.

Voilà près de dix ans qu'on n'est plus amis, pourtant, aujourd'hui, j'ai l'impression que tout ça, c'était hier. Et je suis contente que certaines choses ne changent pas.

JAKE

Avec un ricanement dégoûté, Greg jette sa télécommande sur le lit.

– Bon, c'est la troisième fois que je te bats aujourd'hui. Qu'est-ce qui t'arrive ?

– Rien, j'ai la tête ailleurs. C'est tout.

– On arrête. Tu es tellement facile à battre que ça m'ennuie.

Il vide sa cannette de soda et l'écrase dans sa main.

– Sérieux, tu n'as jamais été aussi nul depuis qu'on a changé la Xbox pour une PlayStation. Qu'est-ce que tu as ?

– Rien. Je suis pas en super-forme.

Je m'adosse à mon fauteuil, jette la télécommande par terre.

C'est là que Rose pousse un grognement depuis le lit. Je me tourne vers elle.

– Quoi ?

– Rien. Vous me fatiguez.

– Ça va, frangine, marmonne Greg. Tu n'arrêtes pas de grogner ces temps-ci. Tu sortais avec quelqu'un en secret et tu t'es fait larguer ? On n'y est pour rien.

Elle ne lève même pas les yeux de son téléphone.

– Lâche-moi. Si Jake refuse de reconnaître qu'il est amoureux, ça le regarde.

Je m'étrangle avec le Coca que j'étais en train de boire et il me monte directement dans le nez ; ça me brûle tellement que je n'arrive plus à respirer.

– Qu'est-ce que tu... je ne suis...

Je me tourne en même temps que Greg vers le bureau mais il se jette dessus plus vite que moi. Les feuillets me glissent littéralement des doigts, m'égratignant au passage.

Il les inspecte et ses yeux s'écarquillent à mesure qu'il les lit ; on dirait un personnage de manga.

– Wouah ! Je croyais que tu avais laissé tomber la musique ? C'est quoi, tout ça ?

Je lèche la coupure de mon doigt, en essayant de me donner des airs nonchalants.

– Rien. Je m'ennuyais, alors j'ai cherché une distraction. C'est tout. Ça ne veut rien dire. Surtout pas que je suis amoureux.

– T'es sûr ? Parce que ça fait drôlement canard comme chanson.

Je me sens rougir.

Je travaillais sur ce texte avant l'arrivée de Greg et Rose, et j'ai oublié de le ranger.

– Attends, demande soudain Greg à sa sœur. Mais comment tu étais au courant pour la chanson ?

– C'est bon, lâche-t-elle d'un ton décontracté. Vous ne me dites jamais rien tous les deux, alors je fouine. Je suis au courant de tout.

– Ça m'étonnerait ! s'esclaffe-t-il.

– Les tiroirs de ton bureau. Ils ont tous un double fond. Celui du milieu est le plus important.

– Qu'est-ce qu'il y a dedans ? dis-je à Greg.

C'est à son tour de s'empourprer.

– Rien. Tu connais Rose. Elle déraille, surtout en début de semaine. Tout ce café...

D'un seul coup, il se met à regarder autour de lui tel un fugitif, me jette les feuillets à la figure.

– J'ai oublié que je dois retourner à la maison aider maman. Démerde-toi pour rentrer, Rose.

Tandis qu'il dévale l'escalier, je propose à sa sœur :

– Tu veux que je te ramène ?

– Non, Greg va s'en charger.

– Mais il vient de dire...

Avec un sourire moqueur, elle sort un trousseau de sa poche, accroché au porte-clés Serpentard que je lui ai offert il y a deux ans.

– Ce n'est pas une lumière, commente-t-elle, mais coup de bol pour lui, c'est mon frère, alors je suis bien obligée de l'aimer.

– Je devrais lui envoyer mes condoléances pour avoir une sœur comme toi.

– Réjouis-toi d'être fils unique. Je ferais mieux d'y aller avant que Greg fasse une attaque. Si tu travailles dur, tu pourras peut-être avoir terminé cette chanson pour le festival.

– Jamais dit que je... laisse tomber.

Elle est déjà partie, et je l'entends se disputer avec son frère dans l'escalier.

Quelques minutes plus tard, c'est maman qui apparaît sur le seuil de ma chambre, l'air incrédule.

– Ils sont impossibles, ces deux-là, je me demande comment leurs parents les supportent.

– Je suis sûre qu'ils feront la fête quand leurs enfants partiront pour la fac.

Saisissant mes propres clés sur la table de nuit, je glisse mes pieds dans mes baskets.

– Prête ?

– Pas encore. Je dois prendre une douche. Mais on se retrouve en bas dans un quart d'heure ?

– D'accord.

Le troisième samedi de chaque mois, on « sort », maman et moi. Rien d'extraordinaire, juste une balade hors de la maison. Parfois ça se termine au restaurant ou au cinéma. Ou les deux. On a lancé la tradition après le départ de Finn. Maman était dans un tel état que je cherchais à la distraire. Je lui achetais aussi des fleurs et des chocolats, bien que ce soit Mia qui finisse toujours par les manger. En tout cas, maman a pris goût à ces sorties et c'est devenu un rituel. Ça me faisait plaisir de lui changer les idées. Greg me traite de fils à maman, mais je ne le prends pas mal. C'est pour ça que je ne lui ai pas encore botté les fesses. Et aussi parce que Rose m'aurait rendu la pareille.

Une fois qu'on a choisi notre premier plat au Buffet Chinois, maman saisit une fourchette et l'essuie avec sa serviette comme Madame Le nous l'a toujours appris. Au cas où.

– Bon, je suis censée t'interroger à propos d'un festival de musique. Rose m'en a parlé juste avant de partir.

– Franchement, dis-je en avalant deux frites, je ne sais pas ce que je vais faire.

Elle claque en rythme sa fourchette contre son assiette.

– Fonce. Ce serait merveilleux. Il faut tenter le coup.

– Je vais voir, je me demande encore...

– Autrement dit, ça t'obsède depuis des semaines. Tu crois que je ne te connais pas ? Tu réfléchis trop à chaque étape de ta vie. Parfois, il faut se lancer. Faire ce qu'on a envie de faire. Sans se tourmenter à propos de la suite.

Je soulève une bouchée, la repose dans l'assiette sans l'entamer.

– Sauf que je n'avais pas l'intention de reprendre la musique, alors à quoi ça sert de dire tout ça ?

– À propos... ajoute-t-elle. Je crois que tu devrais essayer toi aussi. Comme ton frère.

Sur le coup, je ne parviens qu'à la regarder sans rien dire. Jusqu'à balbutier :

– De quoi tu parles ? Tu... tu veux que je parte moi aussi ?

– Mon Dieu, non ! Je suis ravie de t'avoir avec moi. Mais...

– Mais ?

Elle me tapote le bras.

– Mais je ne veux pas que tu te sentes coincé. Comme en prison. Si tu veux te lancer dans la musique, chante. Ce festival serait un bon début ! Si tu veux traverser le monde sur un paquebot, vas-y ! Si tu rêves de devenir promeneur de chiens, je te soutiendrai également. Surtout, fais ce dont tu as envie. Même si ça doit m'écarter de ta vie. C'est ce que tes parents auraient voulu.

Je sais qu'elle ne cherche qu'à m'encourager, pourtant ses paroles me pèsent.

– Mais comment veux-tu que je fasse alors que tu as tout sacrifié pour nous ? Je ne vais pas te laisser tomber.

– Je t'attendrai toujours pour les vacances et quelques dimanches de dimsum. Mais soyons clairs : on ne va pas vivre comme ça pour le restant de nos jours. Tu finiras par avoir un métier, tu te marieras, tu auras des enfants. Et notre maison n'est pas assez grande pour ça, sans compter que je deviendrai trop vieille pour pouvoir encore élever des gamins.

Un sourire aux lèvres, elle joue avec ses raviolis, les alignant au bord de l'assiette.

– Franchement, ça a été difficile quand ton oncle est parti. Je sais que je n'ai pas toujours été une mère exemplaire...

– Tu as été la meilleure.

– C'est gentil, mais j'étais épouvantable. Je chauffais trop ton lait et, quand tu pleurais, je pleurais moi aussi. Si Madame Le ne m'avait pas prise sous son aile pour me montrer comment me comporter, je ne sais pas ce que j'aurais fait. Et puis Finn est parti... ça m'a donné l'impression que notre famille rétrécissait encore. Je crois que c'est pour ça que je vous ai poussés à vous rapprocher, Mia et toi. Je voulais qu'elle et sa mère fassent partie de la famille elles aussi.

C'est la première fois que maman me parle d'oncle Bran. Je ne sais pas si ça lui a échappé, mais j'aurais dû m'en rendre compte. Pour moi, elle a toujours été là. Forte, inébranlable.

– Je suis contente que vous vous entendiez bien. Mais ne me donnez pas encore de petits-enfants. J'aimerais commencer par quelques années sans couches. Bon, je vais me resservir. Tu veux quelque chose ?

Je n'ai toujours pas touché à mon assiette.

– Non merci.

Il y a dix minutes, je mourais de faim, mais mon appétit m'a quitté dès que maman a commencé à me raconter tout ça. Elle me donne la permission de faire ce que je veux. Et pour tout remerciement, je lui mens, éloignant d'elle ce qui lui reste pour toute famille. Car c'est le week-end prochain qu'on devrait rompre avec Mia, autrement dit, les Le vont également sortir de la vie de maman.

Et je n'en suis pas fier.

En fait, je commence à sérieusement regretter toute cette histoire. Surtout la perspective de ne jamais revoir Mia. De ne plus l'entendre me traiter de tous les noms, de ne plus la voir s'asseoir dans ma voiture en bavardant de tout et de rien. Au début, l'idée me plaisait, mais plus j'y pense, plus ça me déprime. À vrai dire, la perspective de partir en croisière retrouver Finn compte nettement moins que de garder Mia dans ma vie. Je m'en aperçois maintenant. Au point que j'ai failli tout annuler l'autre jour au déjeuner.

Et puis j'ai pris conscience qu'il ne s'agissait pas que de moi, mais aussi de Mia, de ce qu'elle voulait faire de son existence. Elle songe avant tout à m'en écarter pour pouvoir faire ce qu'elle veut, sortir avec qui elle veut. Comment le lui reprocher ?

Sauf que je n'ai pas pensé à quel point ça risquait de blesser maman.

Mais que faire ? De toute façon, quoi que je décide, quelqu'un va souffrir. Maman ou Mia. Mia ou maman.

Tout ça à cause de moi.

MIA

S'il y a une chose qui ne me dérange pas chez les Adler, c'est qu'ils nous tiennent toujours compagnie pour les dimsum. Bien sûr, on pourrait y aller seules avec maman, mais c'est plus sympa en groupe. Et puis, on peut commander beaucoup plus de trucs sans s'inquiéter de se retrouver avec des tonnes de restes pour la semaine. Comme ça, on a envie d'en reprendre le dimanche suivant.

Je m'installe si près de Jake que je me retrouve pratiquement sur ses genoux. Il faut ça si je veux le laisser me passer un bras sur l'épaule. Maman et Madame Adler ne semblent pas s'en formaliser, mais les serveuses nous jettent des regards désapprobateurs. On est sur la bonne voie.

– Tu veux un autre shaomai ? propose-t-il.

Mon estomac se retourne, mais je parviens tout de même à sourire.

– Bien sûr, mon chéri. Mais sept, ça va commencer à faire beaucoup. Je ne veux pas sortir d'ici sur le ventre.

Il me pince la joue en riant.

– Je te pousserai pour le restant de tes jours, mon roudoudou.

Argh ! Il en fait peut-être un peu trop avec les surnoms. N'empêche que maman et Madame Adler nous contemplent, les yeux brillants. Comme si, enfin, leur rêve se réalisait. Toutes ces années d'efforts qui finissent par payer.

Du coup, je m'en veux de notre petite comédie.

Enfin, pas trop longtemps.

La main de Jake étreint la mienne, son pouce parcourt la peau fine de l'intérieur de mon poignet. J'en ai la chair de poule. Il n'a pas l'air de se rendre compte de l'effet qu'il produit sur moi, à croire qu'il ne songe qu'au chariot des desserts qui approche. D'autant que nos mains sont pratiquement cachées par la théière qui doit empêcher nos mères de les voir. Dans ce cas, pourquoi fait-il ça ? Et pourquoi est-ce que ça me rend folle ?

Je suis peut-être ivre de nourriture. Ça existe ? Ou alors c'est une allergie au médicament que j'ai pris ce matin ? Ce doit être ça qui me donne le vertige.

Oui, sans doute.

Comme je n'en peux plus, je retire ma main.

Jake me jette un regard alors que je désigne le bol de tofu sucré, comme si c'était ce qui m'avait fait bouger :

– Je pourrais en avoir ?

Une fois qu'elle l'a déposé devant moi, la serveuse va s'éloigner lorsque Jake la retient :

– Encore un peu de gingembre pour moi, s'il vous plaît ?

– Bien sûr.

À ma surprise, il glisse le pot vers moi. J'écarquille les yeux.

– Tu te plains souvent de ne pas terminer tes repas sur du gingembre confit.

– Vraiment ? s'étonne maman. Je ne savais pas.

– C'est drôle que tu t'en souviennes, dis-je sans trop comprendre.

– Ça arrive quand on est amoureux sans s'en rendre compte, commente Madame Adler avec un sourire. Pour tout dire, j'ai cru au début que vous nous mentiez sur votre relation.

Je manque m'étrangler et porte ma serviette à ma bouche. L'air affolé, Jake abaisse ses baguettes.

– Comment ça ?

– Ça paraissait trop beau. Quelque chose me dérangeait, je ne saisissais pas trop. Mais, en vous voyant ensemble, je suis rassurée. C'est très agréable d'être tous rassemblés.

– C'est comme si on formait une famille heureuse, ajoute alors maman en lui tapotant la main. J'espère que tous les prochains dimanches ressembleront à celui-ci.

Mon sourire crispé commence à me faire mal. Je me dis que c'est sans doute au contraire le dernier de tous. Dans notre planning, il ne nous reste même pas une semaine. Je ne sais pas pourquoi ça me donne une impression de vide. Ou plutôt si : la semaine prochaine, les Adler auront disparu de nos vies. Je ne sais pas ce qu'on fera de nos dimanches. Sans parler des vacances, des fêtes, des rendez-vous chez le dentiste. C'est bizarre, mais on voulait tellement que nos mères nous lâchent que je n'ai jamais trop réfléchi à ce que ça impliquait. On ne partagera plus rien. Étrange. Là, je n'arrive pas à imaginer ce que je voudrais faire à la place d'un brunch de dim-sum avec les Adler.

Une fois rentrés, nos mères s'éloignent pour nous laisser nous dire au revoir tranquillement. Encore que, je suis certaine qu'elles regardent chacune par la fenêtre, le téléphone dans une main, un verre dans l'autre.

Profitant de ces instants de tranquillité, je m'appuie sur la barrière de mon jardin. Jake envoie promener un caillou.

– Qu'est-ce qu'on fait, maintenant ?

– Comment ça ?

– On pourrait peut-être se serrer dans les bras ou...

– S'embrasser ?

Mince, pourquoi ai-je prononcé ce mot ? Je me sens rougir et détourne les yeux.

– Après tout, on s'est déjà embrassés.

– Ouais, ricane-t-il, quand on avait huit ans, et reconnais que ce n'était pas la fête.

Je lui frappe l'épaule en rigolant.

– N'importe quoi ! Tu vas voir ce qui va t'arriver si je t'embrasse partout.

Il m'attrape la main avant que je ne le frappe de nouveau, la pose sur ses côtes.

– Tu as trop confiance en toi.

Instinctivement, mes pieds effectuent un pas vers lui tandis que les siens en font autant.

Puis nous en faisons un autre, jusqu'à ce que nos bras se retrouvent coincés entre nous alors qu'on s'adosse à la palissade. Collés l'un contre l'autre, de l'épaule au dos de la main.

Il se penche un peu vers moi :

– Tu es sûre ? Je veux dire, on n'est pas obligés de s'embrasser. On pourrait juste faire semblant, ou...

– Il faut se débarrasser de ce premier baiser. Autant le faire tout de suite.

Sans lui laisser le temps d'en dire davantage, ma main lui enveloppe la nuque et je l'attire vers moi pour un joli et rapide baiser.

Quand nos lèvres se touchent, mon corps tressaille. Comme dans les dessins animés, quand on met les doigts dans une prise de courant, à vous faire dresser les cheveux et tous les poils.

Jake me pousse les bras dans le dos pour m'embrasser plus fort. Plus longtemps. Son corps se presse tant contre le mien que je suis pratiquement obligée de me cambrer sur la barrière et, sur le coup, je me félicite d'avoir suivi Aly à ses cours de yoga.

C'est à la fois étrange et agréable. Nos corps se connaissent. Tout naturellement, mes bras enveloppent sa taille, mes paumes se plaquent contre son dos, sur ses omoplates. Je me fonds en lui. Nos lèvres s'épousent, encore et encore. Comme si aucun de nous n'avait plus besoin de respirer.

À l'instant où je me dis que rien ne pourrait m'arriver de meilleur, sa main gauche descend le long de mon bras, ses doigts tracent leur chemin en me caressant du coude au poignet. Il faut que je m'agrippe à lui pour ne pas complètement fondre.

D'où viennent ces muscles ? J'ai vu Jake tous les jours de ma vie sans jamais remarquer ça. En même temps, je ne l'ai jamais tenu aussi serré dans mes bras.

Il recule légèrement et l'air frais me balaie le visage, me ramenant à la réalité. La tête me tourne comme si je venais de me lever trop vite. Que s'est-il passé ? Respirant fort pour apaiser mon cœur battant, je remonte la main sur la bretelle de ma robe, tombée sur mon épaule.

– Bon... je crois qu'on a fait du bon travail.

– Je pense aussi.

À son tour il respire, telle une brise tiède.

On se regarde encore un instant avant de quitter la barrière. Drôles de minutes qui viennent de s'écouler. Une folie. Comme si quelque chose venait de prendre le contrôle en moi.

Je secoue la tête pour m'en débarrasser, mais ne vois que ses yeux noisette qui reflètent mon trouble ; cependant, quand il se mord la lèvre inférieure, je n'ai qu'une envie : l'embrasser encore.

Sérieux, qu'est-ce qui m'arrive ?

– Mia ?

– Oui ?

Le visage levé vers le ciel, il contemple les étoiles. La nuit est claire, sans aucun nuage.

– Tu crois... demande-t-il. Non, oublie.

– Quoi ?

– Rien. J'ai oublié de te dire que tu étais trop belle ce soir.

Décontenancée par ce compliment – d'autant qu'il ne m'en fait pas souvent – je me sens rougir et repousse mes cheveux de mon visage.

– Oh ! Merci.

– Pas de souci. Bonne nuit, Bouboule.

– Bonne nuit.

Sa façon de dire « Bouboule » cette fois, ne m'apparaît pas comme une insulte. Ça sonne presque... affectueux. Après son départ, j'entre par la cuisine dans la maison silencieuse. Plus de lumière. Contente que maman ne soit pas là, car je ne sais pas trop ce qui vient de m'arriver.

J'ai encore les joues chaudes et je me sens nerveuse sans trop savoir pourquoi. Mon cerveau me crie de chasser ces sensations. Pourtant, je n'arrive pas à faire autre chose qu'avaler de l'eau avant d'appuyer le verre froid sur mon front.

Ah, ça fait du bien.

Il faut un certain temps à ma tête pour se libérer. Et encore plus pour comprendre ce qui s'est passé. Un court instant, devant cette barrière, nous n'étions plus Bouboule et Mac Ouille.

Après une douche, je vérifie mes mails, mais Finn ne m'a pas encore répondu. Au début, je m'en voulais un peu mais, plus je parle de Finn à Jake, plus je sens qu'il est prêt à le revoir. Il doit tourner la page.

Alors que je me couche, mon téléphone bipe. Comme je ne sais plus où j'ai mis mes lunettes, je le lis en plissant les yeux :

M. Ouille : Je voulais juste te dire que j'ai vu ce que ça te faisait quand tu m'embrassais.

M. Ouille : Que ça ne te monte pas à la tête.

M. Ouille : Bonne nuit.

Il me faut quelques secondes pour capter son message et je me mords les lèvres pour ne pas sourire.

Le seul souvenir de ce baiser m'a comblée d'émotion, au moins autant que mon trouble à l'idée que Jake puisse me mettre dans cet état. Mince ! Il ne faut pas que je pense à lui. Pas de cette façon. J'essaie de me représenter le visage de Ben, mais c'est encore Jake qui m'apparaît, avec son sourire débile.

J'ai vraiment besoin de dormir. La fatigue me fait dérailler. Dormir. Ensuite, les choses reviendront à la normale.

La nuit va être longue.

MIA

À la fin de la répétition, j'apporte deux boîtes remplies des programmes musicaux.

Daniel, le directeur du théâtre, frappe sa table d'un coup de poing ferme, son téléphone serré dans la main :

– Fichue chimie !

Je m'arrête :

– Qu'est-ce qui se passe ?

– Dana Brennon vient m'annoncer par mail qu'elle ne peut plus participer au spectacle. Apparemment, elle a raté son test de chimie et sa mère l'a privée de sorties jusqu'à ce que ses notes s'améliorent. Elle aurait quand même pu venir me le dire en personne ! Je ne sais pas comment on va pouvoir lui trouver une remplaçante alors que le spectacle doit avoir lieu dans moins d'un mois.

– Son rôle n'est pas majeur...

– Non, Mais elle a ce solo dans une chanson et elle occupe presque tout le temps le fond de la scène. La personne qui l'interprète doit toujours savoir ce qui se passe. Tant pis, il va falloir que je trouve une solution. Je vais essayer de parler à Dana et sa mère, quitte à promettre de la surveiller moi-même, si le besoin s'en fait sentir.

J'écoute à peine ce qu'il dit tant je me sens agitée. Moi qui hésitais à lui parler, l'occasion est trop belle pour que je la laisse passer.

Il faut y aller. Dans un grand soupir pour m'encourager, je pose les boîtes sur une chaise, puis lui tapote l'épaule :

– Vous croyez que je pourrais essayer le rôle de Dana ?

Il écarquille les yeux.

– Vous... vous voulez... jouer dans cette comédie musicale ?

J'hésite à reculer et annoncer que je plaisante. Mais le visage de Jake m'apparaît, et je fonce :

– Oui. En fait, j'en ai toujours rêvé. Ce n'est pas que je n'aime pas faire les photocopies, seulement ce n'est pas trop mon choix de carrière...

J'essaie d'en rire, mais ne parviens qu'à tousser.

– Effectivement, commente-t-il, je n'aurais pas... Vous pensez pouvoir tenir ce rôle ? N'oubliez pas que la représentation a lieu dans trois semaines. Êtes-vous déjà montée sur scène ?

Mon cœur flanche. C'était nul de ma part.

– En fait non. Vous avez raison. C'est trop important. Je ferais mieux de laisser tomber. Oubliez.

– Attendez ! s'écrie-t-il, la main tendue. Je ne voulais pas...

– Je trouve que c'est une bonne idée, lance une autre voix.

Lyndon se tient à quelques pas derrière nous, arborant encore son maquillage de scène, mais elle s'est changée et recoiffée.

– Mia a déjà fait répéter d'autres actrices et je ne l'ai pas trouvée mauvaise. Elle aurait besoin de quelques leçons de chant. Je l'ai entendue fredonner au vestiaire. Je pourrais la faire un peu travailler si vous voulez.

– Ça marche ! s'exclame Daniel en claquant les mains. Si vous alliez voir comment vous va le costume, qu'on puisse y faire les retouches nécessaires ? Nous allons organiser quelques séances de répétition pour vous mettre à niveau.

– Merci, dis-je en regardant Lyndon ranger son sac. Merci à tous les deux.

– C'est lui qu'il faut remercier, réplique-t-elle en désignant Ben derrière elle. Je n'y suis pour rien. Il n'arrête pas de dire que vous êtes géniale. On verra ça demain à la répétition.

– D'accord. Je vais arriver tôt...

Ma voix s'étouffe contre Ben qui me serre dans ses bras.

– Félicitations ! Tu vois, tu vas te retrouver en scène avec moi plus tôt que prévu. Au moins pour les répétitions. Tu me signes un autographe tant que je peux encore te le demander ?

Il fait ensuite semblant de chercher un stylo dans sa poche.

– Je crois qu'on a le temps, dis-je en riant. Mais tout ça, c'est grâce à toi.

– Ne me remercie pas. Sors plutôt avec moi vendredi soir.

Je cligne un instant des yeux. J'ai compris.

– Ce vendredi ?

– Oui, enfin, si tu n'es pas prise...

Ça y est. Le mec de mes rêves qui m'invite le jour même où j'obtiens un rôle dans une comédie musicale. Deux choses inatteignables à la fois. J'ai envie de sauter de joie.

Il y a quinze jours, j'aurais bondi sur la chance de sortir avec Ben. Même si maman s'y était opposée. J'aurais trouvé une solution. Alors, pourquoi est-ce que je n'arrive pas à accepter ? Pourquoi le visage de Jake me revient-il sans cesse à l'esprit ? Et son baiser ? Juste. Là. En. Ce. Moment.

Ce baiser m'obsède. Pour je ne sais quelle raison. C'était bien. Fantastique. Mais ça ne rimait à rien. On n'a fait ça que pour mieux se débarrasser l'un de l'autre. C'est tout.

Et voilà que j'ai la chance de sortir avec Ben. Ce mec canon qui m'a aidée à obtenir un rôle dans la comédie musicale. Ce serait débile de refuser.

Et je ne suis pas débile.

– Avec plaisir.

JAKE

Mon téléphone m'annonce un texto alors que je suis en train de couper les tomates. Je vérifie et ne peux retenir un sourire devant la photo débile de Mia, un livre sur la tête.

MIA : Prépare-toi à me voir sur scène dans quinze jours. J'attends un bouquet de roses et un gâteau pour me féliciter.

MIA : Je rigole. Une boîte de gâteaux.

Ça me fait marrer, mais je suis content pour elle. Je devrais peut-être lui offrir une glace pour fêter ça en tête à tête. Voilà un moment qu'on n'en a pas pris ensemble et elle aime bien essayer de nouveaux parfums genre fromage de chèvre à l'huile d'olive. Pour moi, ce sera une boule de chocolat.

Mon téléphone vibre encore, cette fois sur une vidéo de Mia. Je la lance et me fige en voyant apparaître le visage de Finn. En train de chanter, tout sourires devant l'objectif. Devant moi. C'est un enregistrement pris sur un paquebot et je me demande comment Mia se l'est procuré. Il interprète une chanson d'Adam Levine. Il était déjà fan de Maroon 5 durant notre enfance ; il écoute aussi des vieux trucs qui n'intéressent plus personne.

Il a l'air... heureux. Apparemment, ça me fait mal qu'il puisse se montrer aussi content après nous avoir abandonnés, maman et moi. N'empêche qu'il semble content, même ravi de chanter devant un public. Plus je le regarde, plus ça m'attendrit. Surtout à cause des souvenirs qui me reviennent en mémoire.

Alors que je me repasse la vidéo, les commentaires de maman me reviennent à l'esprit. Et aussi ma promesse à Mia. Elle paraissait si radieuse sur cette photo que ça m'a presque rendu jaloux. Il faudrait peut-être que je me remette à la musique. Après tout, je n'ai pas plié bagage comme Finn, mais je pourrais tout de même envisager quelque chose. N'importe quoi.

À commencer par ce festival.

Mon pouce se balade entre la vidéo de Finn et le visage radieux de Mia, jusqu'à ce que je prenne ma décision.

Moi : Salut, Rose. Tu pourrais m'envoyer le numéro du coordinateur du festival ?

Rose : Non, trop tard. Ça fait des semaines que je te harcèle, maintenant je suis passée à autre chose.

Moi : Sérieux ?

Rose : Non. Je t'envoie ça tout de suite. Qu'est-ce qui t'a fait changer d'avis ?

Moi : Sais pas. Comme ça.

Rose : D'accord. Et n'oublie pas de remercier Mia quand tu feras un carton.

Alors que je m'apprête à lui répondre, elle ajoute :

ROSE : Que tu le veuilles ou non, elle a vraiment une bonne influence sur toi.

Impossible de le nier. Mia parvient toujours à me faire faire des trucs malgré moi. C'est grâce à elle, ce festival. Et je suis enchanté. Il y a quinze jours, je la trouvais chiante, mais ce n'était pas pareil. On dirait désormais que les opposés s'attirent. La glace et le caramel fondant. Les violons et le rock.

– Salut. Je voudrais un sandwich à la dinde avec supplément fromage et plein de sauces.

Cette voix familière m'arrache à ma vaisselle et j'aperçois Mia de l'autre côté du comptoir. Je lui rends aussitôt son sourire.

– Qu'est-ce que tu fais ici ?

– Aly m'a déposée en rentrant du centre commercial. Alors, tu me le prépares, ce sandwich ?

– Si tu m'aidais à finir de laver, qu'on parte plus vite ?

– Laisse tomber.

– Même si j'ajoute quelques cookies gratos ?

Son regard s'illumine :

– Chocolat ou noisettes ?

– Les deux.

– Bon, qu'est-ce qu'on attend ?

Elle attrape mon torchon et me rejoint. Par chance, j'ai quelques cookies tout prêts. D'habitude, c'est Rose qui me donne un coup de main et les emporte pour Greg, mais là, elle devait aider son père à faire des courses. Et, comme il y a un match de foot, ce soir, les clients ne se bousculent pas. On est tranquilles.

Mia commence par essuyer la vitrine tout en articulant d'une petite voix :

– Bon... Jake... je voulais...

Elle s'interrompt en se mordant les lèvres.

– Vas-y, crache.

Elle pousse encore un soupir.

– J'ai un problème. Je sais que ce week-end on devait jouer notre rupture, mais je... j'ai un rencard.

– Quoi ?

– Un rendez-vous. Tu sais, quand deux personnes sortent dîner ensemble. Ou vont voir un film. Ou se promènent au bord de la plage quand il y en a une dans les parages.

– Avec... un garçon ?

– Non, avec Dusty, le chien du voisin ! Évidemment avec un garçon, débile !

Il me faut un instant pour digérer l'information. Pas vrai... Mia qui sort avec quelqu'un ?

– Non, je veux dire, quel garçon ?

– Oh, c'est Ben...

– Le mec du théâtre ?

Là, elle s'empourpre. Au point de devoir s'éventer les joues.

– Laisse tomber, marmonne-t-elle. Je trouverai une solution toute seule.

On ne dit plus rien pendant un bon quart d'heure, mais je ne peux m'empêcher de l'observer du coin de l'œil. Elle s'affaire à ranger les distributeurs de pailles et de serviettes en papier, pourtant je jurerais qu'elle a l'esprit ailleurs.

Il suffit de voir son regard lointain. Jusqu'au moment où elle renverse toutes les pailles par terre. Elle devait trop rêver de Ben.

Je la rejoins pour l'aider à les ramasser.

– Si tu veux, on peut retarder notre rupture. On pourrait même organiser un double rencard avec Aly pour que ta mère ne se doute de rien.

– C'est vrai ? Tu ferais ça ? Pour moi ?

– Pas besoin de prendre cet air incrédule, ça m'arrive d'être sympa.

Après tout, on est amis. Il n'y a pas de mal à s'entraider. Sans aller jusqu'à prétendre que je sois ravi de la voir sortir avec un autre, j'aime bien l'idée de repousser notre rupture. Pour Mia, bien sûr. Je m'empresse d'ajouter :

– Je n'aurais rien contre l'idée qu'il m'invite à dîner. C'est lui qui paie, bien sûr ?

Elle enroule machinalement une mèche sur un doigt.

– Je ne... sinon, je peux payer...

– Je rigole, dis-je en me relevant. Je passe te prendre avec Aly chez toi, et on retrouve Monsieur Théâtre où tu voudras. Après, tu pourras même finir tous les plats. Pendant dix ans.

Haussant un sourcil, elle me jette une serviette à la figure :

– Hé, tu viens juste me chercher, pas me donner un rein.

– Tu ne te rends pas compte comme mes week-ends sont importants.

Une fois que j'ai mis l'alarme et bouclé le magasin, je rejoins Mia en sortant mes clés de ma poche. Agrippée à la rampe métallique du parking, elle se hisse sur la pointe des pieds pour que nos visages se retrouvent face à face. Et là, elle murmure :

– Merci.

Je me penche vers elle en riant, nos mains s'effleurent.

– De rien. Mais c'était si difficile à dire ?

– Arrête ! Je ne vais pas le répéter mille fois. Ça me laisse un sale goût dans la bouche.

J'agite devant elle le sachet de cookies.

– T'inquiète. Ça chassera ce sale goût. Juste, si tu pouvais éviter de les manger dans la voiture...

Elle attrape le sachet en riant, m'embrasse rapidement sur la joue, à quelques centimètres de mes lèvres.

– Méfie-toi, si tu en fais trop, les gens vont finir par croire que tu tiens à moi. Bon, je sais que je suis irrésistible, mais quand même !

Elle plaisante mais, à vrai dire, cette remarque me prend à revers, comme un coup de poing dans les tripes. Au point que je ne la vois pas entrer dans la voiture. Il faut qu'elle klaxonne pour attirer mon attention. C'est vrai que je tiens à Mia. Totalement. Sans tenir compte de nos mères. Je tiens à elle, voilà tout. Depuis toujours.

Mais voilà que je promets de l'aider pour un rencard avec un autre mec.

Et puis quoi encore ?

MIA

– Je suis contente. Ça faisait un moment que je n'avais plus de rencard. Même si c'est du bluff.

Les yeux bleus d'Aly brillent tandis qu'elle s'asperge le cou de parfum. J'essaie de friser la mèche à gauche de mon visage mais mes tentatives pour obtenir une coiffure style je-me-suis-juste-passé-la-main-dans-les-cheveux-mais-quel-résultat-fabuleux tombent complètement à l'eau. Je n'obtiens que des boucles raidasses autour de mes joues.

– Jake est sympa de vouloir t'aider.

– Oui, ça lui arrive d'être gentil.

À force de vouloir les recoiffer, je me retrouve maintenant avec des frisottis. Il ne me reste qu'à en faire une queue-de-cheval ; après quoi, je me mets un peu de brillant à lèvres.

Aly me tapote la tête en souriant.

– Je ne t'ai jamais vue te donner autant de mal pour te préparer. Ben doit vraiment te plaire.

– Qu'est-ce que tu racontes ? dis-je en écartant sa main.

Je lisse ma jupe en jean, tire sur ma blouse de dentelle crème. Je ne tiens pas à paraître trop habillée, c'est pourquoi j'ai choisi cette tenue, à la fois décontractée et jolie ; Ben aura de quoi se rincer les yeux. D'autant que j'ai appliqué dix tonnes de crème sur mes jambes.

En réalité, ce rencard ne me rend pas folle de joie, plutôt anxieuse. Heureusement qu'Aly et Jake nous accompagnent.

Jake est déjà arrivé. En descendant l'escalier, on le trouve les mains dans les poches de son jean kaki, en train de piétiner sur ses mocassins gris, ceux en toile qu'il a achetés à la sortie de Houston. Il a bien dû en prendre quatre paires, ce jour-là ; je l'ai traité de dingue, mais je dois reconnaître aujourd'hui qu'ils sont très sympas, surtout avec ce polo bleu indigo sans col.

Je suis tellement occupée à l'examiner que je ne vois pas tout de suite comment lui aussi me regarde. Il me jette sans cesse des coups d'œil. Une fois, deux fois. L'air indéniablement admiratif. Même s'il tente de le cacher.

Quelque part, ça fait plaisir et je m'efforce de réprimer mon sourire. Qu'est-ce que ça peut me faire, ce qu'il pense de moi ? Jusqu'ici, ça m'était égal, pourtant j'aimais bien me sentir admirée. Même si ce n'était que de Jake.

Ce rencard s'annonce comme le plus nul de l'histoire. Ça n'avait pas trop mal commencé. On retrouve Ben au restaurant pour dîner avant le film. Il est tout beau, tout gentil, plus grand que dans mon souvenir. Sans doute juste parce qu'on n'avait jamais été aussi proches l'un de l'autre.

Dans son dos, Aly lève le pouce en articulant un petit « wouah ! » et il a fait semblant de ne pas s'en apercevoir.

C'est là que tout bascule. Au moment de s'installer à table dans le box. Avec Jake, on s'assoit l'un près de l'autre sans réfléchir et on attrape les menus, sans penser à rien d'autre jusqu'à ce qu'Aly se racle la gorge et m'adresse un signe de la tête.

On ne s'est rendu compte de rien, ça nous semblait aller de soi, à force de nous asseoir l'un près de l'autre depuis des années. Finalement, l'air de s'excuser, Jake se lève pour laisser Ben prendre sa place.

Une fois tous les quatre à notre place, je sens mon cœur se serrer à l'idée de me retrouver aussi près de Ben, et je ne peux m'empêcher de pianoter sur la table jusqu'à ce que Jake m'envoie un petit coup de pied. Gênée, j'attrape mon verre d'eau pour boire une gorgée afin de m'occuper les mains. Puis une deuxième. Puis une troisième. Quand la serveuse arrive pour prendre la commande, il est vide. À croire que je débarque d'un trek de six mois dans le désert. Pourtant, j'ai la bouche encore sèche.

Ben me regarde en souriant :

– Tu veux encore de l'eau ? Je vais t'en chercher.

Il se lève, mais je lui attrape le bras.

– Non, ça va. Merci.

– D'accord...

Il se rassied, et le silence retombe sur la table. Un silence comme en plein désert.

Trop bizarre. Pourtant on discute bien tous les deux pendant les répétitions. Bon, j'ai encore un peu le trac avec lui, mais ça commençait à aller mieux, je n'avais plus besoin de planifier nos conversations.

Tandis que là, c'est le naufrage.

Du calme.

Une fois nos plats servis, Jake s'éclaircit la gorge.

– Alors, où se trouve ton université, Ben ?

– Justement, j'ai bien l'intention de faire une pause. J'ai envie de continuer à travailler au théâtre. Tu vois, ça m'a l'air difficile d'exprimer des émotions sur une scène quand on ne connaît rien de la vie. Je reprendrai sans doute les études l'année prochaine. Je pourrai même tenter la fac du coin. Il y a plein de choses intéressantes dans cette ville. Surtout les gens.

Ça veut dire ce que je crois ? Je ne suis pas sûre, mais je ne peux m'empêcher de lui rendre son sourire comme une débile alors qu'il mord dans sa pizza. Finalement, ça ne se passe pas si mal que ça. Malgré l'arrogance de Jake.

Il se comporte comme l'aurait fait maman à sa place. Ou pire encore. Et je suis certaine que, si elle n'était pas aussi entichée de Jake, elle prendrait volontiers le parti de Ben.

Jake saisit deux tranches de tomates dans mon assiette de salade, et je lui tends la poivrière qu'il agite sur ses frites.

– Je crois que nos parents nous tueraient si on faisait un truc pareil l'année prochaine.

– Mes parents sont super. Ils veulent que je réalise mon rêve... Pourquoi tu lui as pris ses tomates ?

– Parce que Mia a horreur de ça. Mais sa mère l'oblige à les manger avant de quitter la table, alors elle me les file en douce. C'est ça ou pas d'internet pendant une semaine.

– Arrête ! dis-je en levant les yeux au ciel. Tu racontes ça comme si c'était toi le héros. Qui est-ce qui mange tes flocons d'avoine tous les samedis matin ?

En plus, chaque fois qu'on dîne dehors, je prends un dessert différent du tien pour qu'on puisse partager.

– Oui, mais c'est surtout toi qui en profites. C'est toi qui es accro au sucre.

– Ah oui ? Et comment...

Avec un demi-sourire gêné, Ben agite une main entre nous pour attirer notre attention.

– Alors, pourquoi tu manges ses tomates maintenant ? Vos parents ne sont pas là. Et puis, il suffit de commander une salade sans tomates si on n'aime pas ça.

Ce qui nous fait taire tous les deux.

Et ça ne nous était encore jamais arrivé. Ni à lui ni à moi. Pas plus que de se retrouver assis l'un en face de l'autre. Jake mange mes tomates, je mange ses flocons. Et on s'assied toujours à côté. C'est comme ça. On n'a jamais songé que ça pourrait changer.

Ben prend un air penaud.

– Enfin, je ne critique pas. Je trouve ça drôle, c'est tout.

– Oui, très drôle, dis-je dans un petit rire.

Je trouve une autre rondelle de tomate dans ma salade et elle attire tous nos regards, comme des papillons de nuit devant un feu. Mais personne ne bouge. Je finis par couvrir mon assiette avec ma serviette. Et Jake se détourne tandis que je vide mon verre d'eau.

Bien qu'il se trouve juste en face de moi, j'ai l'impression que des kilomètres nous séparent.

JAKE

Le dîner s'achève rapidement, surtout parce que ni Mia ni moi n'avions plus trop faim après l'incident de la tomate. Pour la première fois de ma vie, je l'ai vue refuser un dessert.

Elle d'habitude si bavarde, au point que j'ai toujours eu du mal à la faire taire, n'a pour ainsi dire plus articulé un mot de la soirée. C'est tout juste si elle riait de temps en temps, ou écartait ses cheveux de ses épaules d'un air contrit.

Tout ça à cause de Ben.

Je déteste ce mec ! De son sourire poli à ses chaussures. Bon, je ne suis peut-être pas très objectif. D'abord, j'aurais voulu m'asseoir à côté d'elle. Pourtant, Ben a été gentil. Il a payé le dîner alors que j'avais proposé de partager. Il est allé le faire en douce sans rien nous dire. Plutôt élégant de sa part.

Il avait l'air plutôt cool et tout, mais ce n'est visiblement pas le genre de Mia.

Elle a besoin de quelqu'un qui la comprenne. Qui comprenne ce qui se passe si elle ne dit rien. Et qui sache la rendre heureuse. Comme on est un peu en avance pour le film, je propose d'aller faire un tour du côté des jeux vidéo.

– Bonne idée ! s'exclame Aly en prenant Mia par le bras.

Elles passent devant et, avec Ben, on n'a plus qu'à les suivre.

La salle d'arcade est déjà pleine, avec les jeux de danse près de l'entrée. Un groupe de sportifs entoure les paniers de basket et la table de hockey, tandis que les plus jeunes se concentrent autour des palets. Mais, au fond, il y a des jeux plus anciens : courses, tir (gibier et zombies), Space Invaders. Et puis, tout au bout, se trouvent les plus cool. De vraies antiquités : Frogger, Asteroids, Donkey Kong (l'original). Tous les classiques.

– Qu'est-ce qui vous tente ? demande Ben.

– Time Crisis 5 !

On a répondu en chœur, Mia et moi. Je finis par expliquer :

– Elle dépense plus d'argent à ce jeu que pour ses fringues.

– Jake est jaloux parce que je suis trop bonne.

– C'est la meilleure.

Inutile de le nier. Et je ne peux cacher à quel point je suis fier d'elle. Si on était en guerre, j'aimerais mieux l'avoir de mon côté.

Malheureusement, il y a tout un groupe d'enfants autour de la console. On est obligés de se rabattre sur une table de hockey. Je saisis le palet noir, le lance en l'air vers Ben.

– Alors, qu'est-ce que tu en dis ? Le premier à sept points, ok ?

Il l'attrape au vol en souriant.

– D'accord.

Difficile de réprimer un sourire moqueur. D'autant que Mia me prévient du regard ; je lui réponds d'un air innocent. De quoi s'inquiète-t-elle ? On est là pour s'amuser, c'est tout. Tant pis si je dois mordre la poussière avec lui.

J'ai juste négligé un détail. Ben est excellent en hockey de table. Il a vite fait de m'anéantir.

Le palet entre dans mon but et je pousse encore un juron.

– Six, deux ! lance Aly avec un regard navré pour moi. Balle de match.

Mia hausse les sourcils, genre émoticon surpris. Il ne faut surtout pas que je détourne les yeux. J'y mets toute ma volonté, mais je parviens à soutenir son regard.

L'air malicieux, elle passe devant moi :

– En fait, j'ai envie d'essayer le Time Crisis avant le film. Ben, tu joues avec moi ?

– Euh, d'accord.

Il reste encore un gosse devant mais, en apercevant l'expression déterminée de Mia, voilà qu'il se fait abattre. Après quoi, il s'enfuit à toute vitesse, comme téléporté.

Au début, j'ai craint qu'elle ne laisse Ben gagner, mais son esprit de compétition l'emporte. Quels que soient ses sentiments pour lui, elle gagne impitoyablement.

Elle est tellement concentrée qu'elle ne se rend même pas compte qu'il a cessé de jouer pour la contempler. Elle garde les yeux fixés sur l'écran, agrippant son pistolet de plastique et tirant avec une telle conviction que je m'inquiéterais si on n'était pas dans une salle de jeu. Son pied tape la pédale pour esquiver les coups chaque fois qu'un adversaire surgit.

Jamais je ne l'avouerais à haute voix et surtout pas à Mia, mais c'est assez excitant de voir une fille jouer à des jeux vidéo. Bien plus que les talons aiguilles et les décolletés plongeants.

– Vas-y, Mia !

Tandis qu'elle s'approche de ses plus hauts scores, je m'emballe au point de lui poser les mains sur les épaules pour la masser avant le début de sa prochaine mission. D'abord, je les sens crispées mais, aussitôt, elle se détend. Mes pouces palpent la tendre chair sous son cou, descendant instinctivement jusqu'à l'encolure de sa chemise.

Elle se tourne brièvement vers moi, les yeux écarquillés. Et ce n'est pas la seule. Je ne me rendais pas compte de l'état où m'a mis cette caresse involontaire. Ma main vibre comme sous une décharge électrique, mais je ne la retire pas. À croire spoudain que le temps s'est arrêté, que tout ce qui nous entoure a disparu.

On se connaît depuis qu'on est en vie. Du jour où on a appris à parler à celui de notre première rentrée à l'école. Je ne saurais dire quand elle est devenue jolie. Mais je sais qu'à ce moment, elle est devenue plus que ça. Ravissante.

Bang !

Ce bruit strident nous fait tous les deux sursauter. Un terroriste vient d'exploser son écran, mettant fin à sa partie.

– Mince ! s'écrie-t-elle.

S'il n'a pas relevé ce qui pouvait se passer entre nous, Ben se penche vers la machine avec un sourire.

– Trop cool ! Je ne savais pas que tu étais si douée.

Elle part d'un petit rire tandis que j'hésite à le traiter de naze ou de minable. Pourtant, les filles paraissent le trouver à leur goût. Dans un dessin animé, des étoiles surgiraient des yeux de Mia et d'Aly.

Alors qu'ils s'éloignent, Ben prend Mia par la main, lui enlace les doigts. Elle paraît un peu surprise mais ne réagit pas et je me sens de plus en plus mal à l'aise.

Non, je ne suis pas de mauvaise foi. Je n'aime pas ce mec, voilà tout. Et puis, c'est moi qui devrais me trouver près d'elle, à lui tenir la main et à lui sourire.

Alors que je dois rester derrière, à regarder la fille qui me plaît s'éloigner au bras d'un autre.

MIA

Aly fait un bond en avant.

– Trop génial, ce film ! Je ne m'attendais pas du tout à la surprise de la fin. Il va vraiment falloir le revoir !

– On est déjà pris ce week-end, rigole Ben. Pas vrai, Mia ?

Je suis tellement perdue dans mes pensées que je perçois à peine leur conversation. Il faut que Jake claque des doigts sous mon nez pour que je m'aperçoive de sa présence.

– Quoi ? Non, je n'ai pas faim.

– Tant mieux, lâche-t-il, amusé, parce que personne ne te propose de manger. On parlait juste du film.

– Ah oui, je l'ai trouvé...

J'hésite, les contemple tous un instant avant de me lancer :

– Bon ?

Encore heureux que je sois bien tombée, je le vois à leurs sourires. Coup de chance. Jake m'interroge du regard, mais je me détourne. À vrai dire, je n'aurais su raconter à personne de quoi parle ce film. J'étais si anxieuse de me retrouver assise à côté de Ben que j'ai dû sans cesse me retenir de balancer les jambes dans tous les sens. Je captais chaque instant où il bougeait la main, où il poussait un soupir. Sans parler des regards persistants de Jake qui en venaient à me creuser des trous dans la cervelle.

Quelque part, j'aurais plutôt eu envie que ce rendez-vous n'ait jamais lieu. Ça m'aurait permis de m'accrocher au rêve d'un Ben tombant fou d'amour pour moi, car la réalité s'avère beaucoup plus compliquée que je n'aurais cru.

En même temps, une petite voix me crie d'arrêter de faire ma poule mouillée et de profiter de cette soirée avant qu'elle ne s'achève, avant minuit, heure à laquelle mon carrosse se transformera en citrouille et mon conte de fées s'évanouira.

– Il est encore un peu tôt, énonce Ben. Tu veux aller manger une glace ?

Jake ouvre la bouche mais Aly l'interrompt en l'attirant de son côté.

– Allez-y, nous lance-t-elle. Nous on va rentrer, je suis un peu fatiguée.

Elle se masse la tempe avant d'ajouter à l'adresse de Jake :

– Ça ne t'ennuie pas ?

– Non, c'est bon, dit-il sans me quitter des yeux.

Je sais qu'elle a souvent de terribles migraines qui peuvent l'empêcher d'aller au lycée. Je m'inquiète :

– Ça ira ? Si tu veux...

Elle nous pousse en avant, m'adresse un clin d'œil derrière Ben. Elle a l'air plus réjouie que souffrante.

– Ne t'inquiète pas pour nous, allez-y.

Oh, oh...

– On y va ? me demande Ben.

– Oui, dis-je en suivant des yeux Aly et Jake.

Elle l'a pris bras dessus, bras dessous et lève le pouce tandis qu'il s'éloigne non sans un dernier regard incertain dans ma direction.

Après avoir acheté nos glaces, on décide d'aller se promener dans le parc. Il y a encore des gens qui s'y attardent, des familles avec de petits enfants, un couple assis sous un arbre en train de littéralement se dévorer des lèvres.

– Qu'est-ce qui se passe entre toi et Jake ?

Je manque lui cracher ma glace vanille-huile d'olive à la figure et il s'écarte de justesse.

– Quoi ? dis-je.

– Tous les deux, vous avez... Vous paraissez vraiment proches.

Je finis par saisir où il veut en venir :

– Non, pas comme ça. Je t'ai dit qu'on avait grandi ensemble et que nos mères aimeraient bien qu'on soit ensemble, mais il ne s'est jamais rien passé.

– Jusqu'à maintenant.

– On fait semblant, pour qu'elles nous lâchent un peu.

C'est moi, ou ma voix a vraiment pris un ton mélancolique ?

– Je te posais juste la question comme ça, s'esclaffe Ben. Je ne veux pas me mêler de ce qui ne me regarde pas...

– Non, il n'y a rien. Pourquoi, ça t'ennuierait ?

– Quelque part, oui.

Avec un petit sourire qui me crispe les pieds dans mes sandales, il prend délicatement ma glace et la jette dans la poubelle au coin du trottoir.

Puis il se penche pour m'embrasser doucement, écarte une mèche de mon visage, me plaque contre le mur de briques derrière nous. Je me sens toute petite, toute fragile. Cependant, il laisse assez de place entre nous pour que je ne me sente pas écrasée. D'une main sur la nuque, je l'attire vers moi.

Aussi bizarre que ça paraisse, la première pensée qui me vient lorsque nos lèvres se touchent, c'est le regret d'avoir perdu cette glace. Quel gâchis !

Sinon, notre baiser est agréable... très sympa. Je lui mettrais huit sur dix. Sûrement un de mes préférés. En comptant ceux que j'ai échangés à huit ans avec Jake pour me venger de maman qui m'avait punie pour ma mauvaise note en SVT.

N'empêche que je suis déçue. Bon, je ne m'attendais pas à un baiser de prince charmant qui m'éveillerait d'un long sommeil, mais quand même, je ressens plus d'électricité lorsque Jake m'effleure la nuque. Sans parler de son baiser à lui, l'autre soir. Celui-là est passé d'office numéro un de ma liste. Un vrai baiser de conte de fées.

Pas génial de penser à Jake lorsque Ben m'embrasse. J'ai l'impression de trahir quelqu'un mais qui, au juste ? Mon faux petit ami ? En fait, je ne sors avec personne, difficile d'affirmer que je trompe qui que ce soit.

Je ne m'en sens pas mieux pour autant.

Tout sourires, Ben m'entraîne de nouveau par la main :

– Viens, je te ramène chez toi.

Soulagée qu'il ne cherche pas de nouveau à m'embrasser, je hoche la tête.

Une heure plus tard, je n'arrive toujours pas à fermer l'œil. Dès que j'essaie de m'allonger, mes bras et mes jambes se mettent à vibrer. Comme si quelque chose sous ma peau cherchait à se libérer. Une sorte d'alien ou je ne sais quoi. J'écris à Finn, prends une douche, tâche même de méditer, sans résultat.

Je m'aperçois qu'en face, la chambre de Jake est toujours allumée. À presque deux heures du matin. Qu'est-ce qu'il fiche encore debout ? Je prends mon téléphone sur ma table de nuit pour lui envoyer un texto :

Moi : Tu dors ?
M. Ouille : Zzzzzzz
Moi : Autrement dit, non.

La lumière de sa chambre s'éteint aussitôt ; ça me fait râler.

M. Ouille : Perverse.
Moi : Ce serait vrai si je te matais. Et je te jure que ce n'est pas le cas. Je suis juste curieuse.
M. Ouille : Au moins tu le reconnais.
Moi : Au moins tu reconnais que tu ne dors pas.
M. Ouille : Jamais dit ça.
Moi : Pourtant tu me parles, là.

Je vois des points annonçant qu'il est en train de taper quelque chose, mais il efface, recommence. Je m'étends sur le côté en attendant la suite. Il lui faut un certain temps, mais il finit par m'envoyer un nouveau texto :

M. Ouille : Ça t'ennuie si je viens ?

Mes doigts s'immobilisent sur l'écran. Maintenant ? Que peut-il vouloir à cette heure ?

MOI : Pas de souci. On se retrouve sur le perron.

J'attrape un cardigan, le passe par-dessus mon tee-shirt, chausse mes vieilles pantoufles mauves. Au passage, je ne peux m'empêcher de mettre du baume à lèvres et de me coiffer. Ce n'est pas parce que je me suis retournée toute la nuit que ça doit se voir.

Jake m'attend déjà, assis sur la dernière marche du perron, les mains crispées sur ses genoux. Je vois qu'il a enfilé les chaussettes Superman que je lui ai offertes pour Noël. C'était une blague, mais on dirait qu'il s'y est attaché. Je ne sais pas pourquoi, depuis il les porte tout le temps.

Je m'assieds près de lui.

– Qu'est-ce qui se passe ?

– Rien. Je voulais te parler.

– À deux heures du matin ?

Baissant la tête, il s'éclaircit la voix.

– J'ai beaucoup réfléchi à ce que tu as dit tu sais, et je pense que tu as raison.

– Je sais. J'ai toujours raison. Mais rafraîchis-moi la mémoire, c'était quand, au juste ? Ça m'arrive si souvent.

Il lève les yeux au ciel.

– Je parle du festival, bien sûr. La seule fois où tu aies jamais eu raison.

– Ah... Alors, tu vas jouer ? Devant tout le monde ?

– Devant tout le monde.

Je pousse un cri aigu, si fort que je ne serais pas surprise si les fenêtres des voisins se mettaient à vibrer. Jake se frotte les oreilles, sans parvenir à chasser son sourire abruti.

Ensuite... je ne sais pas trop. Je me retrouve les bras autour de son cou.

– Oui, le festival. Je vais chanter une chanson, vendredi soir, histoire de m'y remettre et de voir si j'aime toujours. Rien d'extraordinaire.

N'importe quoi !

– Ne fais pas ton modeste. Qu'est-ce que tu vas chanter ? Une reprise ou quelque chose de nouveau ?

– Il y en a une nouvelle qui me tente. Il faut que je voie.

– J'ai trop hâte de t'entendre. Je suis ravie pour toi. Juré.

– Merci.

Là-dessus, il m'embrasse sur la joue. Doucement. Comme s'il craignait de me faire fuir.

Sauf qu'il n'a pas besoin de s'inquiéter pour ça. Alors qu'il se détache, je lui effleure le bras. Juste ce qu'il faut pour le retenir et, sans plus y réfléchir, je fonce.

Cette fois, notre baiser est plus doux que sur la barrière, mais aussi étourdissant que le premier.

Mes doigts s'enfoncent dans ses bras – je sens la chaleur de sa peau sous ses manches – jusqu'à ce qu'ils m'encerclent et que ses mains me caressent la nuque. J'ai l'impression qu'il est partout. Comme s'il ne savait plus où s'arrêter. Cependant, tout ce temps, ses lèvres restent fermement pressées contre les miennes. À n'en plus finir. Et je n'ai pas envie que ça s'arrête.

Je suis finalement obligée de me détacher de lui pour reprendre mon souffle. Il me dévisage sans bouger, la main droite toujours pressée sur mes reins.

– En quel honneur ? demande-t-il.

– Je...

Il faut que j'inspire un grand coup pour me calmer, sauf que ça ne m'aide pas. Mon cœur bat à tout rompre. J'ai juste envie de l'embrasser encore et encore, sans plus m'arrêter.

– Je ne sais pas.

Alors que si.

Voilà la raison pour laquelle j'ai trouvé le baiser de Ben sympa alors que celui de Jake a mis mon monde sens dessus dessous. La raison pour laquelle je voulais m'asseoir auprès de Jake au dîner. La raison pour laquelle je n'en pouvais plus de ce rendez-vous avec Ben, au point de me précipiter pour rejoindre Jake à deux heures du matin.

La raison en est toute simple. Jake me plaît.

MIA

Maintenant que je sais que Jake me plaît, le dernier endroit où je désire me retrouver c'est dans sa voiture, coincée avec lui. Ça me dérange. Au point de me donner envie de sauter par la fenêtre.

Impossible de décrire notre trajet en voiture. En fait, j'aurais pu dire que c'était *désagréable, à donner la chair de poule,* ou juste trop *bizarre,* mais le mot qui décrit le mieux cette situation, c'est *gênant.* D'abord parce que je lui ai pratiquement sauté dessus, avant de courir me réfugier à la maison.

Ce matin, lorsqu'il est venu me chercher, j'ai cru que mon cœur allait flancher. Il était si mignon dans son jean délavé et son polo si moulant qu'on devinait tous les muscles de ses épaules.

Je me suis faite à l'idée que Jake est mignon. Il m'a fallu plus de temps pour m'avouer qu'il me plaisait.

C'est beaucoup plus facile de le détester. Sans doute parce que je commence à me rendre compte que je ne l'ai jamais vraiment haï. J'étais juste trop aveugle pour voir ce que j'avais sous les yeux.

Si c'est le cas, la vie va devenir de plus en plus compliquée.

Je ne sais pas pourquoi je n'ai pas annulé ce trajet avec lui. J'aurais pu appeler Aly. À croire que j'avais envie de le retrouver. Pour lui parler. Pour être avec lui. Une fois qu'on s'engage sur l'autoroute, c'est comme si toutes les paroles de l'univers s'emmêlaient. On échange de brefs sourires sans autre bruit que celui du moteur.

Je bidouille la clim devant moi, mais Jake l'éteint aussitôt.

– Pardon, tu as froid?

– Euh, non, je voulais juste jouer...

– Ah!

Nouveau silence, encore pire car privé du ronronnement de l'air conditionné. J'allume la radio. Comme il est tôt, on n'entend que des gens qui discutent. Je change de station jusqu'à tomber sur de la musique country. Ce n'est pas ce que je préfère, mais ça vaut mieux que d'écouter des bavardages.

Jake attend que je m'adosse à mon siège avant de changer de station à l'aide du bouton sur son volant. Puis, il l'éteint carrément.

Sans quitter la route des yeux, il grimace un peu.

– Sérieux? dis-je avec un regard mauvais.

– Quoi? Je n'ai rien fait. C'était sans doute un fantôme.

– Arrête d'essayer de me faire peur. Ce n'est pas parce que ça marchait quand on avait huit ans que c'est encore valable maintenant.

– On peut toujours essayer. D'autant que tu es toujours aussi naïve.

– Si tu veux dire par là extraordinairement fabuleuse, ça marche. Je n'ai pas changé.

– Bon, je vois que tu utilises le dictionnaire que je t'ai offert à Noël.

– Absolument. Il écrase très bien les punaises de ma chambre. Surtout la nuit.

Il se frappe le front de la paume droite.

– Pourquoi j'essaie de discuter avec toi ?

– Parce que tu n'as rien d'autre à faire ? dis-je en me tournant pour lui faire face. Ou peut-être parce que tu m'aimes en secret ?

– Dans tes rêves.

Avant de pouvoir dire autre chose, j'aperçois un objet qui tombe d'un camion devant nous. La voiture voisine fait un écart.

– Attention !

Jake écrase le frein. Mon corps fonce en avant, ma main frappe violemment la porte. Il lance son bras vers moi, bien que j'aie gardé ma ceinture de sécurité. Mes épaules le heurtent et je retombe sur mon siège.

Il se gare aussitôt sur le bas-côté, se tourne vers moi, le visage grimaçant d'anxiété.

– Désolé. Je n'avais pas vu... ça va ?

– Oui. Je n'ai rien.

Je détache ma ceinture pour m'étirer et lui montrer que tout va bien.

Il me contemple un instant, avant de regarder à nouveau devant lui, se frotte le cou, la nuque, s'éclaircit la gorge.

– Tu es sûre ? Et ta main ?

Sans me laisser le temps de répondre, il la saisit entre ses paumes, la parcourt de ses doigts, l'examine, je me demande bien pourquoi. Le souffle court, je ne voudrais pas que ça s'arrête. Et c'est exactement pour ça que je la retire violemment.

– Tu vois ? Je t'ai dit que ça allait.

Au lieu de reculer, il se penche un peu vers moi, son visage s'approche, comme s'il allait m'embrasser. Je retiens mon souffle sans bouger mais, avant que nos lèvres se rejoignent, il tire sur sa ceinture dans un clic anormalement fort, puis il se raccroche à son siège, comme attiré par un fil invisible.

Mon cœur bat encore si fort que je l'entends dans mes oreilles. Peut-être à cause de ce début d'accident.

– Et toi ? dis-je. Ça va ?

– Oui, assure-t-il sans me quitter des yeux.

Pourtant, son intonation m'inquiète.

Il fait trop chaud, ici. J'ouvre ma fenêtre, sors le visage pour me rafraîchir un peu. Tant pis si ça me donne l'air d'un chien fou, je n'arrive pas à respirer avec Jake près de moi.

Après quelques bouffées d'air frais, j'aperçois Jake en train de faire la même chose ; de la main, il tape la fenêtre et il a le cou encore plus rouge que tout à l'heure.

Pourquoi mon cœur bat-il si fort ?

– Vraiment, tu es sûr que ça va ? Tu as l'air d'étouffer. Tu devrais te garer, et je prendrais le volant.

– Non, ça va, dit-il en riant. Tant que tu restes dans la voiture, il n'arrivera rien.

– Si tu veux que je m'en aille...

– C'est ça le problème, dit-il en me regardant enfin, je ne veux pas que tu t'en ailles. Et si on se gare maintenant, je ne sais pas si je pourrai m'empêcher de t'embrasser.

Je saisis ses paroles en écarquillant les yeux. Il paraît aussi secoué que moi, au point que je finis par rallumer la radio à une telle force que les vitres se mettent presque à vibrer.

Peu importe, j'ai trop le vertige pour écouter la musique. À croire que ces événements éclatent en bulles autour de ma tête.

J'aime bien Jake ; à présent, je suis sûre que je lui plais. Pourtant, je sors plus ou moins avec Ben. Sans compter qu'on a une rupture en route pour ce week-end, Jake et moi.

Sauf qu'une bulle enfle et enfle, et fait sauter toutes les autres. On n'est peut-être pas obligés de rompre.

Peut-être pas...

JAKE

Je m'éclaircis la gorge pour essayer de me détendre en m'asseyant face à Mia dans la cafétéria. Elle cesse de crayonner dans son calepin, se redresse, sans doute aussi mal à l'aise que moi.

– Quoi de neuf? Tu veux encore tenter quelque chose avec moi ?

– Non, dis-je en riant. Je suis à court, aujourd'hui. Sauf si tu me demandes de t'apporter un dessert après la répétition ?

– En fait, il n'y a pas de répétition aujourd'hui. On pourrait... aller faire un tour. Si tu veux.

Je m'interdis toute réaction trop enthousiaste, mais ne peux m'empêcher de me pencher davantage.

– D'accord. On se retrouve dans le parking après les cours. Je voulais te parler du festival...

C'est là que son téléphone sonne sur la table et nous fait sursauter. Mia le porte à son oreille.

– Allô ? Oh, salut, Ben !

Elle me jette un rapide coup d'œil avant de baisser la voix :

– Non, je n'ai rien de prévu ce soir.

J'écoute tout en faisant semblant de lire l'affiche au mur sur les réunions de conseils d'élèves.

– ... ce week-end... Oui, je ne...

Elle s'éclaircit la gorge et se balançe sur son siège.

– Je ne sais pas encore. Je peux te rappeler ? Il faut que je retourne en cours. D'accord, à bientôt.

Quelques minutes s'écoulent encore avant que je ne craque :

– Alors, c'était Ben ?

– Oui, il appelait pour... enfin, il appelait.

– Il voulait te donner un rendez-vous ?

Elle rougit.

– Quelque chose comme ça.

Je parviens à lui présenter un large sourire. Alors que j'ai juste envie de lui demander pourquoi elle sort encore avec lui si c'est pour m'embrasser ensuite.

– On dirait qu'il t'aime bien. Si tu veux encore qu'on te couvre, je vais demander à Aly. C'était sympa, la dernière fois.

Sans lui laisser le temps de répondre, Aly vient se planter à côté d'elle.

– Salut, Jake ! Alors, vos mamans vous ont encore obligés à vous rendre au lycée ensemble ?

On ne comprend pas plus l'un que l'autre :

– Qu'est-ce que tu racontes ?

– Je voulais venir chercher Mia, mais elle m'a envoyé un texto pour me dire qu'elle devait rentrer avec toi à cause de vos mères...

– Ha, ha ! s'esclaffe Mia en agitant les mains. Tu... tu as dû mal comprendre. Je ne... enfin, tu voulais quelque chose, Aly ?

– Oui. On se retrouve à nos casiers après le cours ?

– Pourquoi... Mince ! J'ai complètement oublié pour aujourd'hui !

– Comment tu peux oublier le prochain kdrama avec ton futur mari ?

– Son futur mari ? dis-je en haussant un sourcil.

Aly lui passe un bras sur l'épaule en riant.

– Le superbe Lee Jong-suk. Sa nouvelle série vient de sortir, et ce sera l'épique histoire d'amour de l'année. Tu peux me croire, le prix des mouchoirs va augmenter en Corée.

Mia me décoche un sourire penaud.

– Ça fait cent ans qu'on attendait qu'elle soit sous-titrée. Désolée, je ne pourrai pas rentrer avec toi cet après-midi. Sauf si tu veux la regarder toi aussi ?

Toute une soirée à contempler Mia en train de baver devant une star de cinéma ? Non merci.

– Euh, pas vraiment. Mais c'est sympa de m'avoir invité.

– Tant pis pour toi, lance Aly en attrapant une frite dans l'assiette de Mia. De quoi vous parliez ?

On échange un regard avec Mia.

– Du festival où je vais jouer, ce week-end. Vous pouvez venir toutes les deux. Vous devez venir. J'aurai bien besoin de votre soutien.

– Cool ! s'exclame Aly. Bien sûr qu'on sera là. Ben pourra peut-être venir aussi. Je passerai toute la soirée chez toi pour te consoler après votre terrible rupture.

– Ah oui ! souffle Mia, consternée.

– Ça ne te fait pas plaisir ? Ce sera bientôt terminé !

Plaisir n'est pas exactement le mot qui me vient à l'esprit pour le moment. Je parlerais plutôt d'effroi.

Apparemment, je ne suis pas le seul dans ce cas. On dirait que Mia ressent la même chose. Comme si elle changeait d'avis. Comme si on était tous les deux en train de changer, de nous rendre compte qu'il y avait une raison précise à notre présence dans la vie de l'autre.

Ces baisers. Tout ce temps qu'on a passé ensemble. Ça doit bien signifier quelque chose, non ?

J'essaie d'attirer l'attention de Mia pour vérifier s'il existe une chance, si elle commence à douter de l'utilité de cette rupture, mais elle regarde ailleurs.

Mes espérances s'envolent. Ce doit être sa façon de répondre. Je n'arrive même pas à capter ses pensées, comment me choisirait-elle ? J'ai dû me faire des idées.

JAKE

Je change de position en soupirant.

– Il y aura de quoi manger au festival, maman. Pas besoin de me préparer quoi que ce soit.

– Tu ne veux déjà pas que je vienne, dit-elle d'un air faussement peiné en écrasant des myrtilles et des pommes dans le mixeur. Tu ne vas pas m'interdire de te nourrir, en plus ! Depuis quand suis-je une mauvaise mère ?

– Je ne suis pas ingrat, mais ce smoothie et...

Curieux, j'essaie de jeter un œil dans la boîte en plastique.

– Qu'est-ce que c'est ?

– Juste une salade de poulet au quinoa. Je t'ai mis la sauce et les croûtons à part. Et aussi des amandes sans sel.

J'appuie un poing sur ma bouche pour ne pas rire devant son expression grave.

– Du quinoa... Maman, les autres musiciens vont me rire au nez !

– Tu n'auras qu'à en faire autant quand ils seront déshydratés, la voix cassée par l'alcool et les fritures.

Sans compter que les amandes sont une magnifique source de protéine et...

Elle met le mixeur en route, ce qui me fait manquer la fin des vertus des amandes. Peut-être qu'elles m'auraient fait prendre dix centimètres et donné des ailes. Je ne le saurai jamais. Maman verse le mélange dans un thermos argenté.

– Bonne chance. Je sais que tu vas être fantastique.

Encore heureux qu'elle m'ait emballé tout ça dans un sac bleu marine, au lieu d'un de ces trucs à fleurs qu'elle a achetés en ligne l'année dernière.

– Je ferai de mon mieux. Merci, maman.

– Tu me remercieras quand tu auras gagné un Grammy.

C'est là que j'entends un coup de klaxon. Elle m'accompagne à la porte en souriant.

– Va-t'en vite, avant que Rose et Greg ne montent te chercher. Pas envie d'attraper la migraine ce soir.

– Arrête ! Sinon, je leur dis de venir dormir.

– Dans ce cas, je passerai la nuit à l'hôtel.

*

* *

À mon grand étonnement, tout le monde est déjà dans le van de Bell garé devant chez moi. Ça ne m'ennuie que davantage de voir Mia et Ben assis au milieu. Tranquilles. Ben et son sourire débile.

Grinçant des dents, j'ai presque envie de me glisser entre eux, mais finis par me mettre à côté de Rose. Les jambes allongées sur le siège de devant, elle regarde une vidéo sur son téléphone. Je ne vois pas trop ce qu'il y a sur son écran à cause de la lumière qui tombe de sa fenêtre.

Mia se retourne avec un large sourire en regardant le sac sur mes genoux.

– Ta mère ne t'a pas laissé aussi un petit mot pour te souhaiter bonne chance ?

Elle a tout compris, et je n'ai même pas vérifié.

– Ha ha ! En tout cas, il y a une salade au quinoa si ça t'intéresse.

– Sans façon. Et toi, Ben, tu n'as pas déjeuné, je crois ?

– Non, s'écrie-t-il, et j'adore le quinoa.

Il lui décoche son sourire d'abruti, auquel elle répond d'un clin d'œil. Quel ringard, ce mec ! Qui aime le quinoa ? Si j'en mange tout le temps, c'est que maman n'arrête pas d'en préparer. Elle prétend que c'est le nouveau super-aliment.

Finalement, je lui tends le sac, ça m'évitera de passer pour le nouveau super-crétin. J'ai l'estomac trop noué depuis ce matin pour avaler quoi que ce soit. Sans compter que je n'ai pour ainsi dire pas dormi de la nuit. Je vais jouer pour la première fois sans Finn...

Je me suis toujours demandé si je lui avais manqué depuis son départ. Ou s'il n'avait pas le trac de chanter tout seul sur le bateau. Sans doute pas. Il a toujours été plus fort que moi. Il ne s'est pas effondré à la mort de nos parents. Je n'avais que deux ans, pourtant maman a dit que j'avais pleuré toutes les nuits pendant des semaines. Tandis qu'il est resté calme et rassurant jusqu'à son départ.

J'agite tellement la jambe que Rose finit par me donner un coup de coude. Assez fort pour me laisser une marque. J'arrête, mais ça ne me calme pas pour autant. J'essaie de me concentrer sur autre chose. N'importe quoi.

Soudain, un paquet de chewing-gums sans sucre atterrit sur mes genoux. Je lève la tête pour découvrir Mia tout sourires.

– Je ne tiens pas à retourner chez le dentiste dans un mois parce que tu te seras rongé les dents jusqu'à la racine.

– Merci.

Elle jette un coup d'œil sur Ben en train de téléphoner, avant de se retourner vers moi, la joue collée sur l'appui-tête.

– T'inquiète. Ça va aller.

– Qui a dit que je m'inquiétais ?

– Juste en passant...

Décidément, je ne pourrai jamais rien lui cacher.

– Merci. Pour le chewing-gum... et le reste.

Au lieu de s'éloigner comme d'habitude, elle me prend la main, la serre entre les siennes.

– Pas de souci. Je suis là pour ça.

Plus elle fait ça, plus je sens mon anxiété s'échapper. Comme si sa confiance passait directement de son corps au mien. Étonnant. Je n'ai pas envie que ça s'arrête. Jusqu'à ce que je remarque une petite bague sur son doigt, un anneau doré avec un cœur en plastique au milieu. Je ne l'avais pas vue depuis au moins dix ans.

– C'est... où est-ce que tu l'as trouvée ?

L'air surpris, elle recule sa main.

– Sous ma table de nuit, en faisant le ménage...

– Attends ! Toi, faire le ménage ?

– C'est bon ! J'avais renversé une assiette de Cheetos. Ça te va ?

– Je pige mieux. Continue.

– C'est tout. Je l'ai trouvé coincée contre le pied du lit... Ça m'étonne que tu t'en souviennes.

Ben raccroche son téléphone et se penche vers nous.

– Qu'il se souvienne de quoi ?

– Cette bague, explique Mia. C'est Jake qui l'a gagnée dans la salle d'arcade il y a des années, quand on était gosses, et il me l'a offerte en cadeau d'anniversaire.

– C'est vrai ? s'étonne Rose en écartant sa tablette. Elle est kitsch...

– Il visait la voiture téléguidée, mais il a raté son coup. Il a écopé de ce truc.

– Pardon, dis-je. Voilà comment tu me remercies d'avoir renoncé à mes gains pour t'acheter un cadeau ? Dire que tu as pleuré toute une semaine quand tu as cru l'avoir perdue !

– Et alors ? C'était la première fois qu'un garçon me faisait un cadeau. Même s'il ne venait que de toi, ça reste quelque chose de spécial.

– S'il ne venait que de moi ?

Elle rougit, agite les mains.

– Enfin, tu vois ce que je veux dire.

Elle ignore que je n'essayais pas du tout de gagner cette voiture téléguidée. J'ai fait exprès de la perdre pour obtenir cette bague. On était encore amis et nos mères ne nous harcelaient pas dans l'idée de nous marier. Les choses étaient plus simples.

– Tu sais ? dis-je, soudain pris d'une idée. Prête-la-moi.

– Pourquoi ?

– Tu as eu la chance de retrouver ce précieux cadeau. Il pourrait peut-être me porter chance.

– N'importe quoi ! marmonne-t-elle. Tu dis toujours que tu détestes ces superstitions.

Elle ôte sa bague, me la tend.

– N'oublie pas de me la rendre, ajoute-t-elle.

L'anneau est encore tiède. Je le passe sur mon petit doigt gauche et il glisse sans peine jusqu'à la deuxième articulation.

– Je sais que tu y tiens, dis-je alors. Même si elle ne vient que de moi.

Une étincelle amusée lui traverse le regard.

– Oui, que de toi.

C'est là que Rose nous interrompt :

– Tu pourrais aussi la garder et en offrir une autre à Mia si tout se passe bien. Quelque chose de moins *cheap*.

– Jake n'est pas nul, il est adorable.

Comme si elle se rappelait soudain la présence de Ben, Mia ajoute en toussotant :

– Enfin, la bague... c'était adorable de me l'offrir.

Je m'adosse à mon siège en souriant à Rose. Mia me tourne le dos, cependant je vois son reflet dans sa vitre. Je lui adresse un clin d'œil, mais elle regarde aussitôt ailleurs.

Je n'ai plus qu'à me concentrer sur ma propre fenêtre en soupirant. D'un seul coup, je n'ai plus le trac. Je ne me sens plus seul. Mia est près de moi et ça me suffit.

MIA

Une fois passée la porte d'entrée, on se sépare. Rose et Greg suivent Jake vers la scène pendant que Ben s'occupe de la nourriture. Avec Aly, on est chargées des boissons. Il y a déjà une longue file d'attente sur le trottoir. Heureusement que j'ai une bouteille d'eau dans mon sac.

Vingt minutes plus tard, elle est vide, mais notre tour arrive. Après avoir passé les commandes, Aly se tourne vers moi, les bras croisés.

– Il régnait une drôle de tension dans le van. Ça me donnait envie de sauter dehors.

J'attrape des serviettes, les range dans ma poche.

– Ah bon ? Je n'ai pas remarqué.

– Tu plaisantes ? C'était comme dans la dernière saison de *Game of Thrones*. Glacial.

– N'exagère pas non plus ! Jake devait avoir le trac, c'est tout.

Elle tend un doigt vers mon visage, si près qu'il se pose presque sur mon nez.

– Ah ! Si tu n'as rien remarqué, comment tu sais que je parlais de Jake ?

Le mec en train de nous servir pousse un ricanement.

– Excusez-moi, dis-je, je voulais juste un Coca, pas un commentaire sur ma discussion !

Là-dessus, j'entraîne Aly vers une table sur le côté. Elle jette un regard désolé au type.

– Sérieux, demande-t-elle, qu'est-ce qui se passe entre toi et Jake ? Vous êtes amis ? Vous sortez ensemble ? Ou c'est toujours ton ennemi mortel ?

Bonne question.

J'avale la plus longue gorgée de ma vie – vidant presque le gobelet de plastique rouge – pour ne pas avoir à répondre tout de suite. J'ignore ce qui se passe entre lui et moi. Il y a quelques semaines, je haussais les épaules chaque fois que j'entendais nos deux noms dans la même phrase. Maintenant, c'est différent. Je ne sais pas trop quand j'ai commencé à l'apprécier. Ni pourquoi. C'est toujours Jake, je suis toujours Mia. Mais plus vraiment.

Ce n'est pas non plus comme si on allait se mettre ensemble. Je ne sais même pas ce qu'il ressent pour moi. Un coup, il m'embrasse et, dans la foulée, il propose d'organiser un double rencard avec Ben.

À une époque, je savais exactement ce que Jake avait en tête. Un haussement de sourcil gauche signifiait qu'il était content tandis qu'une barre sur son front impliquait une certaine contrariété. Quand il tapait par terre du pied gauche, c'était qu'il en avait marre de rester assis. Mais là...

Ça devient... compliqué.

Ces réflexions me donnent la migraine, j'ai besoin d'aspirine.

– Je ne sais pas ce qu'on est, au juste, dis-je en remuant ma paille dans mes glaçons à moitié fondus.

– Et n'oublie pas que tu as toujours Ben, ajoute Aly dans un soupir. Te voilà avec deux mecs dans ta vie, tandis que je suis seule. Pourquoi je suis juste devenue la copine rigolote et célibataire dans toute cette histoire ?

J'écarte mon gobelet d'un geste un peu trop brusque et il tombe par terre.

– Tu n'es pas juste l'amie célibataire. Et la seule raison pour laquelle tu n'as pas de petit copain, c'est que les mecs sont tous des crétins. On n'a pas besoin d'eux. Ils ne servent qu'à nous attraper des trucs sur l'étagère du haut et à finir les plats.

Elle m'oppose un demi-sourire forcé.

– Au moins, je t'ai, toi.

– Et tu m'auras toujours, dis-je en lui posant une main sur le bras. Allez, on va se chercher une bonne place pour la soirée.

Bras dessus, bras dessous, on se dirige en riant vers la scène. Il est encore un peu tôt, pourtant on a tout juste la place de se faufiler entre les chaises longues et les serviettes de plage étalées par terre. Ça aide qu'il fasse si beau, cette année. L'an passé, à force de patauger dans la boue, les spectateurs ont dû jeter leurs chaussures à la fin du festival. Instagram était rempli de photos de gens en train de regagner leurs voitures pieds nus.

On a de la chance, on se trouve un coin sympa au pied d'un chêne, où on peut étaler notre couverture entre un groupe de lycéennes et un couple en plein câlin. Un couple de l'âge de nos mères. Autour de nous, les gens leur jettent de drôles de regards, mais perso, je m'en moque.

Encore que, si c'était ma mère, je m'arracherais sans doute les yeux.

– ... nous recevons un tout nouvel artiste, annonce la présentatrice en jetant ses cheveux blonds derrière ses épaules. Bien que certains d'entre vous le connaissent sans doute grâce à la chaîne YouTube « Les Frères Adler ». Accueillons donc Jake Adler !

Les mains en haut-parleur, je crie à l'arrivée de Jake. Il hésite une seconde ou deux, jusqu'à ce que la blonde lui fasse signe. Finalement, elle le prend par le bras et ne le lâche qu'au milieu de la scène.

– J'ai cru comprendre que vous alliez nous offrir une nouvelle chanson ce soir. Dédiée à votre petite amie ?

Avec un rire tremblant, Jake examine la foule.

– Non, pas de petite amie. Pas exactement.

– Pas exactement ? Ça veut dire quoi, exactement ?

Les doigts dans les cheveux, il tire un peu le bout de ses mèches. Il a les joues et le front un peu rosés.

– Euh, ça veut juste dire que je n'ai pas de petite amie.

– Intéressant. Je crois qu'on n'a pas fini d'en parler. Mais laissons la place à Jake Adler, Mesdames et messieurs !

Une fois seul en scène, Jake pousse un profond soupir puis s'empare du micro en serrant si fort ses deux mains qu'elles blanchissent aux jointures. L'anneau sur son petit doigt scintille dans la lumière du projecteur.

– C'est la première fois que je vais jouer devant une si grande foule, ou même devant une foule tout court. Disons que vous êtes beaucoup plus intimidants que la caméra dans ma chambre.

La plaisanterie fait rire quelques spectateurs.

– Visiblement, je n'ai pas l'habitude du one-man-show.

Les rires s'amplifient.

– Alors, allons droit au but et on chante, d'accord? J'espère que vous allez aimer.

Je ne peux m'empêcher de me sentir fière comme une maman en regardant Jake. Bien sûr, il est un peu gauche, anxieux mais cela semble aller mieux à mesure qu'il chante. C'est évident, il est fait pour ça, et je me sens tellement heureuse pour lui que j'en ai mal aux joues.

– J'avais oublié qu'il était si doué, murmure Aly.

– Il est génial... mais surtout ne va lui répéter que j'ai dit ça.

– Bien sûr que non. Pas question de lui raconter ce que tu ressens vraiment pour lui.

Greg s'immisce entre nous, ses grosses lunettes bleues sur le haut du crâne.

– Dis-nous, qu'est-ce que tu ressens au juste pour notre Jake?

Sans le regarder, j'appuie l'index sur son front pour l'obliger à reculer.

– J'estime que Jake devrait mieux choisir ses amis.

– Ouille! Ça fait mal, ça!

– Ah oui? ricane Aly.

– Non. J'ai l'habitude de me faire jeter. Je m'en remettrai.

– Ça doit faire partie de tes dons, dis-je en lui tapotant l'épaule. Ton unique don.

– Ouille, ouille! Je vois que les coups continuent de pleuvoir.

Tandis qu'il s'éloigne, Aly commente en riant:

– Au moins, il est beau gosse.

– Si tu le dis. Pas trop mon style.

Elle jette un coup d'œil vers Ben en train de bavarder avec Rose derrière nous.

– Et c'est quoi, ton style ? En fait, je me demande pourquoi je te pose la question...

Au lieu de lui répondre, je hausse les épaules et me retourne pour regarder Jake sur la scène. Le micro toujours serré entre ses mains, il va et vient, s'arrêtant pour adresser un signe à une fillette au premier rang, qui se met à sauter de joie.

La chanson n'est pas longue, pourtant j'ai l'impression qu'elle dure une éternité, comme si le temps se figeait. Ou peut-être, simplement, parce que je n'ai pas envie que ça s'arrête. Chaque parole me donne des picotements, pour un peu, je serais en transe. J'ai beau me trouver trop loin pour qu'il me voie, j'ai l'impression qu'il ne chante que pour moi.

C'est dingue, je sais. Le festival est complet ; la pelouse regorge de gens et toutes ces têtes ne doivent former aux yeux de Jake qu'une masse de fourmis multicolores. Pour autant que les fourmis portent des bustiers et des sandales. Impossible pour lui de nous repérer. Plus facile de trouver Charlie.

Cependant, je n'arrive pas à me débarrasser de cette idée. D'autant que sa chanson tourne autour d'un amour inaccessible et pourtant toujours là. Près de vous toute la vie. À l'instant où on ouvre les yeux, on croise son regard scintillant. Devant soi. En soi.

Chaque phrase me frappe comme un éclair. Davantage qu'une simple chanson. La description exacte de ce que je ressens. J'ai besoin de Jake dans ma vie. Je voudrais qu'il la partage. Et, à l'évidence, il ressent la même chose.

JAKE

Rose lève sa tasse en proclamant :

– À Jake. En espérant que quand il gagnera son Grammy, il cite mon nom en premier dans sa liste des personnes à remercier.

– Attends ! s'exclame Greg en vidant son verre. C'est moi son meilleur ami.

– Tu peux toujours te faire croire ça, réplique-t-elle en lui caressant la tête.

Elle tire sur les mèches sombres qu'il a dû mettre des heures à préparer et il pousse un cri en tâchant de se réfugier derrière Aly, beaucoup trop petite pour le protéger. Néanmoins, il lui agrippe les épaules, la faisant rire aux éclats. La caméra du DJ s'arrête sur eux un instant, les montrant en train de se bousculer l'un l'autre sur toutes les télés voisines, avant de passer à d'autres spectateurs. Les coordinateurs du festival ont loué le bar entier pour l'après-spectacle.

– Arrêtez, dis-je. Aucun d'entre vous n'est mon numéro un, cet honneur revient à ma maman.

Je marque une pause avant d'ajouter :

– Ensuite, je remercierai Mia.

– Moi ? dit-elle en écarquillant les yeux. Pourquoi ?

– Parce que tu m'as convaincu de tenter ma chance.

En principe, je n'acclamerais jamais Mia, mais là, c'est la vérité, et je lui dois bien ça. Je lève mon verre :

– Alors merci !

Tout sourires, elle trinque avec moi.

– De rien.

Bientôt, Rose se joint à nous :

– Alors, à Mia !

– À Mia, répondent-ils tous en chœur.

Une fois qu'elle a vidé son gobelet, elle se lève, passe son sac sur l'épaule.

– Dans ce cas, je prends la prochaine tournée. Tu pourrais m'aider, Jake ?

– Bien sûr.

On a bien fait de quitter le festival parmi les premiers, ce qui nous a permis de trouver cette table dans un coin, mais là, le bar commence à s'emplir. Posant instinctivement la main au creux des reins de Mia, je la pousse doucement à travers la foule. Elle porte une chemise délicate et fine qui me permet de capter la tiédeur de sa peau sous mes doigts.

Sauf que...

D'un regard, je vérifie que je ne me trompe pas. Le bord de sa chemise s'est soulevé et c'est bien sa peau nue que je touche. Un minuscule coin dénudé, dont je n'arrive plus à éloigner mes yeux, juste au-dessus de ses fesses. Comment peut-elle porter un jean aussi serré ? On le dirait moulé sur elle. Comment peut-elle respirer ?

– Tu vois, je me demandais...

De peur de me faire surprendre, je relève vivement la tête.

– Oui ?

Coup de chance, elle ne s'est aperçue de rien.

– Ta nouvelle chanson est géniale. Quelque part, ça m'étonne que tu aies écrit un texte qui parle d'amour. Mais bon, c'est la recette d'un succès.

– C'est-à-dire...

Je cherche quoi répondre au juste. Histoire de ne pas lui faire peur. Car la vérité m'angoisse complètement. Néanmoins, je meurs d'envie de tout lui dire. Qu'elle seule me l'a inspirée. Que chacune des émotions décrites dans cette chanson tourne autour d'elle. Que je suis tombé amoureux.

Sans me laisser le temps de m'exprimer, un crétin ivre en blouson de cuir nous trébuche dessus avec sa cannette de bière, nous aspergeant de mousse.

J'attrape Mia pour l'écarter de son chemin, mais trop tard. J'ai le dos trempé, et je la vois écarter de son tee-shirt ses cheveux mouillés en étouffant un cri d'effroi.

– Pardon, mon pote ! lance le mec. Pas fait exprès. La cannette m'a échappé des mains...

Dans un cri de rage, je le repousse alors qu'il tente d'essuyer Mia. Elle frémit, au bord de l'explosion, les narines palpitantes. Je ne tiens pas à voir la soirée se terminer dans une bagarre générale.

– Fous le camp ! Et la prochaine fois, regarde où tu vas.

Les bras écartés, il se fond dans la foule tandis que Mia reprend ses esprits.

– Il est où, ce connard ? Que je lui botte les fesses !

Je la saisis par les épaules pour l'empêcher de courir à sa poursuite.

– Laisse tomber. De toute façon, il ne se rappellera pas un mot de ce que tu pourras lui dire.

– Attends... j'ai les cheveux tout poisseux !

Elle tâte ma chemise imbibée en grimaçant.

– Tu dois exploser, là...

Certes. J'ai l'impression de sentir chaque goutte sur ma nuque, dans mon dos. Mais je m'inquiète davantage pour Mia. D'autant que son tee-shirt reste complètement collé sur elle.

Saisissant quelques serviettes sur le bar, je lui éponge les cheveux et le cou.

– Il va falloir te nettoyer avant de rentrer chez toi. Tu sens tellement la bière que ta mère va me tuer.

Elle me décoche un demi-sourire.

– Ça nous aurait évité pas mal d'ennuis, ces derniers temps.

Je lui frotte l'oreille, descends sur la joue et elle penche la tête de côté comme pour m'encourager.

– Je ne sais pas, on a passé des moments si terribles ?

– Ça aurait pu être pire, dit-elle en écartant une boucle de mon front.

Elle tire un peu le bout de la mèche et chacun de ses mouvements me fait vibrer. On est si proches... je pourrais juste pencher la tête pour l'embrasser.

Je dois faire appel à toute ma volonté pour me détacher d'elle avant de commettre une folie. J'ôte l'anneau de mon petit doigt, le lui tends.

– Tiens, il vaut mieux que je te le rende avant de le perdre. Je crois qu'il m'a porté chance.

Elle le prend en riant.

Il lui va à la perfection.

– Contente de le retrouver. Mais ne t'inquiète pas, je te le prêterai encore de temps en temps. Pour pas trop cher.

Je ris à mon tour, beaucoup plus fort qu'elle.

– Je dois t'avouer quelque chose. Tu sais, à l'époque je n'ai pas vraiment cherché à gagner la voiture téléguidée. Je visais la bague. Pour toi.

– Mais pourquoi ?

On y est... c'est maintenant ou jamais. Je soupire :

– Parce que tu me plaisais.

Silence. Il y a encore beaucoup de bruit dans le bar, mais je sais que Mia m'a entendu à la façon dont elle me regarde.

– Attends, quoi ?

À présent que j'ai prononcé ces trois petits mots qui me hantent depuis si longtemps, je sens mes épaules libérées d'un énorme poids.

– Tu. Me. Plaisais. Et même beaucoup. Mais on était amis, je ne pouvais rien dire. Pas question de gâcher notre relation. Et puis, on a cessé d'être amis, je ne devais donc plus rien dire.

– C'est trop fou, parce que tu me plaisais aussi.

À moi de la dévisager d'un drôle d'air.

– Pardon ?

Ses joues rosissent et elle se détourne en ajoutant :

– Oui, tu as été mon premier amour. Du moins, au début. Mais, comme tu as dit, il s'est passé des choses. On a grandi. Et aujourd'hui on se déteste.

Je me cale entre elle et le bar, lui saisis le menton d'une main. Doucement. Délicatement, de peur qu'elle ne se casse. Geste inutile, car c'est une des personnes les plus fortes que je connaisse, du genre à faire fondre la kryptonite.

– Je ne sais pas pour toi, mais je ne ressens aucune haine en ce moment.

– Alors, qu'est-ce que tu ressens ?

Cette question me donne l'impression de se matérialiser entre nous, pour mieux nous séparer.

Je préfère l'ignorer, afin de me rapprocher de Mia, sans plus rien dire. Elle paraît perturbée par mon audace, ouvre grand les yeux, reporte son attention sur ma bouche. Une fois. Deux fois. Fait la moue. Mince. Désormais, je ne peux plus me détacher de ses lèvres, si douces, presque brillantes, non pas grâce à je ne sais quel rouge. Juste... parfaites. Et j'ai l'impression qu'elle perçoit exactement ce que je ressens. Son visage s'adoucit jusqu'à ce que, d'un seul coup, elle me tombe dans les bras.

Est-ce elle qui est venue ou moi qui l'ai attirée ? Je ne sais pas trop mais, franchement, ça m'est égal. Tout ce que je sais, c'est qu'elle se trouve exactement là où j'ai envie de la voir. Câline et blottie contre moi.

Rien d'autre ne compte.

MIA

Je savais ce qui se passerait si j'allais chercher les sodas avec Jake. Dès qu'on se retrouverait seuls. Ce qui se passerait si je restais là un peu plus longtemps. Si je me penchais. Mais je n'ai pas pu partir. Quelque part, je suis restée bloquée, figée par la pensée irrationnelle que je pourrais toujours m'engueuler, une fois rentrée à la maison.

En attendant, ses yeux m'attirent comme deux aimants jusqu'à ce qu'on se retrouve à quelques centimètres l'un de l'autre. Il appuie son bras contre le mur au-dessus de ma tête, et je me sens comme enveloppée dans un cocon. Je ferme les paupières pour tenter de me contrôler, mais ça ne marche pas. Son souffle tiède me court sur la joue. Du bout des doigts, j'essaie de le repousser, en vain. On est tout près, mais pas encore assez.

Tout a disparu autour de nous. Rien ne compte plus que la chaleur de sa peau et ce baiser. Comme s'il le retenait depuis trop longtemps. À moins que ce ne soit moi qui projette mes pensées sur lui. Je ne cherche qu'à me rapprocher encore de lui, alors qu'on est déjà pratiquement fondus l'un dans l'autre. Mes doigts s'agrippent à son cou et il me tient par la taille, me caresse dans le dos, avec des gestes si légers, comme s'il craignait que je disparaisse. Ou...

Soudain retentit un cri suivi d'un rugissement, qui nous ramènent à la réalité.

Encore dans les vapes, je remarque à peine que tous les gens nous regardent, qu'ils nous applaudissent comme si on était des célébrités.

Ouf! Mon souffle s'échappe si soudainement que je me sens au bord de l'évanouissement. Je regretterais presque que ce ne soit pas le cas. Si je pouvais me dissoudre dans la terre et disparaître. Surtout lorsque la foule s'écarte et que j'aperçois tous nos amis en face de nous. Je me fige, alors que Jake me tient encore dans ses bras. Greg paraît réjoui, l'air de sautiller sur place. Aly semble amusée. Et Ben... Ben affiche une expression fermée que je ne lui connaissais pas.

Derrière tout ce monde, je vois notre image sur le large écran de télévision, comme si on était dans je ne sais quelle émission de caméra cachée.

Avec un sourire dédaigneux, Rose croise les bras.

– On dirait que vous avez décidé de faire la fête sans nous.

– Encore qu'on s'en fiche, renchérit Greg. On est dans un pays libre. Si vous voulez, on...

Mes joues s'enflamment. Heureusement, Jake le fait taire d'un coup dans l'épaule. Pas le temps de m'apitoyer, Ben m'inquiète davantage, d'autant qu'il se penche vers Aly pour lui murmurer quelque chose à l'oreille, avant de s'éloigner sans un regard dans ma direction.

Rose en perd le sourire et elle s'éclaircit la gorge.

– Si on rentrait à la maison ? J'ai toutes les photos qu'il me faut et je n'ai pas l'intention de travailler dessus ce soir.

– Oui, répond Aly en même temps que moi.

Sans rien, dire Jake me jette un coup d'œil et nous emboîte le pas. On s'éloigne tous ensemble du bar à la suite de Rose, comme si on était punis. Quelques mecs tapent Jake dans le dos avec de larges sourires, mais il ne me quitte pas des yeux, le front plissé.

Ben se trouve à l'entrée du parking, en train de taper sur son téléphone. Quand il nous voit arriver, son visage se crispe.

– J'ai appelé un Uber, mais il n'arrive que dans dix minutes.

– Pourquoi tu ne viens pas...

– Non, ça va, dit-il en m'évitant toujours du regard. Je peux attendre.

J'ouvre la bouche, sans savoir quoi répondre. Que je suis désolée ? Quelque part, j'ai l'impression que ça ne suffirait pas. J'étais si absorbée par Jake que j'en ai complètement oublié ce que ça pouvait signifier pour Ben. Dans un certain sens, on sortait ensemble. Je sais que je lui plaisais. Et pourtant, j'ai embrassé Jake. Deux fois. Dont une devant tout le monde.

Je suis vraiment quelqu'un d'horrible.

Encore heureux qu'Aly ait toujours su à quoi s'en tenir. Elle se glisse entre nous, le prend par le bras.

– On ne va pas te laisser là. Viens avec nous. Tu n'as qu'à te mettre à l'avant avec Rose. J'irai à l'arrière... avec les autres.

Il finit par hocher la tête, et j'en soupire de soulagement.

Si Aly a trouvé bizarre le trajet vers le festival, ce n'était rien en comparaison du retour. Rose met la radio à plein tube, ce qui n'apaise pas la tension ambiante. Il y en a pour près d'une heure mais j'ai l'impression que c'est infiniment plus long, d'autant qu'on a dû se taper à peu près tous les feux rouges.

Je suis assise sur la rangée du milieu, à côté d'Aly, mais je vois le reflet de Ben, devant moi. De temps en temps, elle me tapote la main comme pour me rassurer. Je n'ose pas me retourner vers Jake.

Voilà à quoi doit ressembler l'enfer. Pas de flammes, cette torture est infiniment pire. Je serre les dents en comptant les minutes qui nous séparent de la maison.

Une fois arrivés dans ma rue, Aly sort du van avec moi. Jake aussi, et il commence à me suivre vers la maison, mais je me retourne en faisant non de la tête. Je ne suis pas d'humeur à discuter avec qui que ce soit pour le moment.

Il s'arrête, recule d'un pas, visiblement déçu.

– Alors, je t'appelle un peu plus tard ?

– D'accord.

Aly est déjà entrée, tandis que je reste devant la porte à regarder Jake rentrer chez lui, les mains dans les poches, la tête baissée. J'ai envie de l'appeler, mais non. Je ne mérite pas d'être heureuse, pas pour le moment.

Le temps de gagner ma chambre, je trouve Aly en pyjama, assise dans mon pouf poire mauve, en train de se nettoyer la figure.

– Alors ? demande-t-elle.

– Alors... moi, j'ai un peu faim. Tu veux un ramen ? Je peux t'en préparer.

– C'est ça ! J'ai déjà vérifié, tu n'en as pas. Je t'ai apporté un verre d'eau. Je me suis dit que tu aurais soif après toutes ces émotions et ces mensonges.

Avec un rire forcé, je m'étends par terre, écarte les bras et les jambes, comme une étoile de mer.

– Je suis épuisée.

– Je te comprends. C'était une soirée... intense. Seulement, ça m'ennuie que tu ne m'aies pas dit ce qu'il y avait entre Jake et toi. Tu es ma meilleure amie, quand même. Et ce n'était pas faute de te l'avoir demandé.

– Je ne t'en ai pas parlé parce que je ne savais pas ce que je ressentais pour lui jusqu'à il y a peu.

Finalement, je relève la tête avec un air de chien battu.

– Tu sais, dit-elle en croisant ses longues jambes, ça saute aux yeux que tu plais à Jake. Et tu dois le savoir, maintenant. Je ne vois pas où est le problème. Il te plaît, je le sais. Du moins, je l'espère après le spectacle que vous nous avez offert.

Morte de honte, je me relève en pliant ma couverture, histoire d'occuper mes mains, alors que je la laisse toujours en vrac.

– Ce n'est pas ça, le problème. C'est juste que je ne sais pas comment entretenir une relation avec Jake.

– Euh... tu m'étonnes, là. Vous étiez déjà ensemble ces dernières semaines ?

Je me laisse tomber sur mon lit, me cache les yeux derrière la main.

– Tu sais très bien qu'on faisait semblant pour que nos mères nous lâchent. Mais on est restés les mêmes qu'avant. Lui, c'est Jake, moi c'est moi. On a passé nos vies à s'encombrer le passage. En fait, on a monté cette histoire pour nous débarrasser définitivement l'un de l'autre. Et ensuite... quoi ? Maintenant, il va falloir tout oublier à cause des quinze derniers jours ?

– Écoute, vous pouvez avoir un million de raisons pour ne pas sortir ensemble, n'empêche que vous vous plaisez. C'est tout ce qui compte, alors arrête de te plaindre.

Elle me pose deux doigts sur le front, me faisant sursauter.

– Demain, ajoute-t-elle, tu vas faire le point avec Ben, puis tu parleras à Jake. Problème résolu, vous serez heureux. Du moins jusqu'au bal de fin d'année.

À la croire, tout paraît tellement facile.

– Puisque tu crois avoir réponse à tout, tu ne pourrais pas leur parler toi-même ? À commencer par Ben ? S'il te plaît !

– Nan. C'est vous que ça regarde.

Elle ouvre un de mes masques faciaux et l'applique sur son visage en poussant un soupir d'exaspération.

– Ça t'apprendra à tomber amoureuse.

À vrai dire, ça m'apporte plus d'ennuis qu'autre chose. Mais elle a raison. Si je veux vivre avec Jake – et, au fond, je sais que c'est ce à quoi je tiens le plus –, il va falloir commencer par régler cette affaire. Repartir sur de meilleures bases.

Demain.

MIA

Mon téléphone dans une main pour vérifier l'heure, je cours vers l'aire de jeu de l'école primaire Milton en faisant claquer mes tongs sur le trottoir.

Jake est déjà assis au pied du toboggan, les baskets plantées dans le sable, au milieu d'un tourbillon de poussière.

S'il les laisse se salir ainsi, c'est que quelque chose ne va pas. Je ne connais personne d'autre qui garde des chiffons dans sa voiture pour pouvoir nettoyer ses chaussures.

Pourtant, il a l'air content de me voir et pose le menton sur ses mains, avec son adorable demi-sourire. J'en éprouve aussitôt un serrement de cœur, d'autant qu'il m'examine des pieds à la tête. Malgré la brise, je me sens prise d'une bouffée de chaleur.

Ce n'est pas ma faute, non plus. On se revoit pour la première fois depuis le festival. Bon, ça ne remonte qu'à hier, mais je n'ai pu réprimer mon anxiété.

Suivant d'une main la rampe du toboggan, j'essaie de me donner un air décontracté.

– Alors, tu voulais me voir ?

– Pourquoi ? Pas toi ?

– Je ne sais pas. Tu voudrais que je veuille te voir ?

Ouf, je suis nulle en discussion. Surtout avec Jake. Pas de souci pour l'insulter, tâcher d'avoir le dernier mot, mais discuter ? Impossible.

J'ai juste l'impression qu'il lit dans mes pensées alors que je cherche une phrase évasive. Avant d'échouer lamentablement.

Dans un petit rire, il me caresse le bras.

– Franchement, je voudrais un tas de choses mais, par-dessus tout, je tiens à te voir.

Depuis quand est-il si béat d'admiration ? Pour un peu, on se croirait dans mon kdrama préféré.

Évitant son contact, j'accroche mon bras à la rampe et manque tomber. Il se précipite aussitôt pour me rattraper.

– Ça va ?

– Oui, j'ai perdu l'équilibre, j'avais le soleil dans les yeux.

Il lève le regard vers les épais nuages qui laissent à peine passer quelques rayons, puis il me tire par la main.

– C'est ça. Et si on allait plutôt s'asseoir sur les balançoires ?

Je le suis vers le portique et il s'arrête devant les sièges bébés, tend le bras vers ceux réservés aux plus grands.

– Tu veux que je t'aide ? Je n'aimerais pas que tu tombes encore à la renverse sous prétexte que je suis trop beau...

Je me détache de lui avec un regard noir.

– Ha, ha ! Je t'ai déjà dit comme tu étais drôle ?

Il cligne innocemment des yeux.

– Non, pas depuis quinze ans qu'on se connaît.

– Tant mieux. Je n'aime pas mentir.

Dans un éclat de rire, il attend que je vienne m'asseoir pour prendre la balançoire d'en face. On se lance, et nos jambes se croisent à mesure qu'on s'avance vers l'autre, qu'on s'éloigne, qu'on revient. On a déjà fait ça des centaines de fois, à qui monterait le plus haut. J'ai toujours été plus légère, mais les longues jambes de Jake lui ont toujours donné l'avantage.

– À propos de la rupture...

Quand je l'entends prononcer ces mots, mon cœur se serre et je baisse les yeux.

– Je sais, poursuit-il, qu'on devait faire ça aujourd'hui, mais...

Je relève avidement la tête :

– Mais ?

Il ralentit sa balançoire jusqu'à complètement l'arrêter.

– Je me demandais si tu n'avais pas envie d'oublier. Qu'on puisse continuer à sortir ensemble... pour de bon ?

– Tu en es sûr ? Tu veux vraiment essayer ? Pour de bon ? Tu crois que ça pourrait marcher ?

– Ces quinze derniers jours m'auront au moins appris une chose : ce n'est pas la même chose quand tu n'es pas là.

Ces paroles annulent toutes mes appréhensions, et les raisons pour lesquelles on ne devrait pas sortir ensemble s'évanouissent d'un coup, trop insignifiantes. Je sais au fond de moi que ce qu'il dit est vrai, que je ressens exactement la même chose. Il fallait juste que je l'entende prononcer ces mots.

– Finalement, tu n'es pas si nul, Jake ! lance-t-il d'une voix haut perchée.

Dans un éclat de rire, je balance un pied vers lui.

Là, il reprend une expression plus sérieuse.

– Et toi, alors ? Tu as dit tout ce que tu avais à dire ? Tu as parlé à Ben ?

– Non. J'ai essayé, mais je tombe sans cesse sur son répondeur. Je ne vais quand même pas lui envoyer un texto !

Il fait plusieurs fois tourner ses chaînes dans un bruit métallique.

– Qu'est-ce que tu voulais lui expliquer, au juste ?

À ce moment-là, je plante mes pieds dans le sable pour m'arrêter.

– Tu tiens vraiment à ce que je le dise ? Notre baiser. Nous. Comment on...

– Attends, dit-il en riant. Je te fais marcher !

D'un coup de paume, je me frappe le front.

– Je ne sais pas ce qui cloche chez moi. Qu'est-ce que je te trouve alors que tu n'es qu'un malade névrosé ?

– C'est vrai. Et toi, tu es si compliquée...

Il me décoche un clin d'œil, fait de nouveau tourner sa balançoire, me regarde, la joue appuyée sur la chaîne.

– Pourtant, je tiens quand même à toi. Alors, on recommence ? On refait les présentations ?

– Peut-être pas la peine de reprendre au début. Je sais déjà trop de choses sur toi. Le bien, le mal, l'épouvantable.

– Je parie qu'il reste une chose que tu ne sais pas, dit-il en se penchant vers moi avec un petit sourire. Tu ne sais pas que je meurs d'envie de t'embrasser depuis l'autre soir.

Saisissant la chaîne de sa balançoire, je m'approche de lui.

– Si, je le savais.

On s'avance encore un peu plus, jusqu'à ce que nos cuisses se touchent, et chacun agrippe la planche de l'autre.

– Tu as intérêt à ce qu'il soit meilleur que le premier baiser.

Il me passe la main dans la nuque. Je sens son haleine contre ma joue, entre mes lèvres.

– Oui, M'dame.

L'un et l'autre, on sourit lorsque nos bouches se rencontrent. Ses mains m'englobent les joues et mes doigts se crispent sur ses épaules pour essayer de me rapprocher encore. Baiser après baiser, j'en veux davantage.

C'est fou d'imaginer qu'on a passé presque toute notre vie à essayer de se fuir, et que, maintenant on lutte pour se retrouver aussi proches que possible.

Sauf que cette fois, c'est différent. Outre la passion, la chaleur, ce baiser m'apporte une sorte de réconfort. Il est juste pour nous deux. Parce qu'on tient l'un à l'autre et que c'est tout ce qui compte.

Après une sorte d'éternité, quand enfin on se détache, je me retrouve non plus sur ma balançoire mais sur les genoux de Jake, les bras noués autour de ses épaules. Je me suis téléportée, ou quoi ?

– Je crois, dit-il en me caressant l'épaule, qu'on devrait rentrer avant de nous faire virer. Et puis cette aire de jeu est trop innocente pour ce qui va s'ensuivre.

– Si tu crois que c'est la première fois qu'on s'y embrasse...

J'enroule ses boucles autour de mes doigts.

– Tu te rappelles quand j'ai épousé Ian McCavery sous ce chêne en CP ?

– Non, s'esclaffe-t-il. Et j'étais où, moi ?

– Je crois que tu avais la grippe. La seule fois de ma vie où je ne l'ai pas eue en même temps que toi. Mais ne t'inquiète pas, on a divorcé le lendemain, parce qu'il ne voulait pas partager ses Pringles avec moi.

– Quel abruti ! Au fait, quels Pringles ?

– Goût fromage et oignon.

– Oh ! Alors, il avait raison.

Jake pousse un drôle de grognement quand je lui frappe l'épaule, manquant au passage tomber de la balançoire.

– Hé, je rigole, arrête !

– Tu as intérêt. Viens, on rentre.

Incapable de me retenir, je l'embrasse à nouveau.

Nos mains nouées se balancent au rythme de notre marche. On ne dit rien tout le long du chemin mais, cette fois, ça m'est égal. C'est un silence confortable et on communique à coups de clins d'œil et de caresses du bout des doigts. Je lui trace un cœur sur la paume et il répond en me serrant la main.

Trop troublant.

On arrive devant chez nous lorsque je repère une voiture inconnue devant la maison de Jake. Maman et Madame Adler organisent parfois des dîners, mais c'est toujours chez nous que ça se passe. Madame Adler reçoit rarement du monde chez elle.

À mesure qu'on approche, je repère des gens sur le perron, dont maman et Madame Adler ; il me faut un peu de temps pour comprendre qui est la troisième personne.

Ce qui doit aussi frapper Jake, car on s'immobilise aussitôt.

Il est un peu plus grand que dans mon souvenir, avec les épaules plus larges. Il était mince comme Jake mais, apparemment, il a fait de la muscu sur le paquebot. Il a le même sourire, les mêmes cheveux bouclés.

Finn.

JAKE

Je sens la main de Mia étreindre la mienne, mais je ne peux la regarder, trop occupé à dévisager comme un débile Finn en train de descendre les marches dans notre direction. Il s'arrête à quelques pas de nous.

– Salut Jake ! Salut, Mia ! Ça fait un bout de temps.

Je me fige, l'esprit occupé par un million de pensées. Mais c'est tout juste si je parviens à lui adresser un coup d'œil.

– Qu'est-ce que tu... Comment...

À la fois surpris et agacé, il m'est impossible de formuler une phrase plausible.

– Je suis là depuis une heure, explique-t-il. Maman m'a dit que tu étais sorti avec Mia...

Je serre les dents quand je l'entends prononcer le mot « maman » avec cette désinvolture.

– Non, je voulais dire, qu'est-ce que tu fais ici ?

– Oh, je suis venu vous rendre visite. Mia ne t'a pas prévenu ?

Pardon ? Je me tourne vers elle qui se met à secouer la tête.

– Je ne vois pas de quoi il parle. Juré, je ne savais pas du tout qu'il venait !

Finn se rapproche encore doucement, comme si on était deux faons.

– Je t'ai envoyé un mail à ce sujet, hier. Tu ne l'as pas reçu ?

Je m'attends à la voir nier de nouveau, mais non, elle écarquille les yeux.

– Je n'ai pas encore vérifié mes courriels. Il s'est passé beaucoup de choses depuis... hier.

Je lâche sa main comme si c'était une bombe, me tourne vers elle, la gorge sèche.

– Attends, un mail ? Vous êtes amis ou quoi ? Vous avez toujours été en contact ? Et tu ne m'as rien dit ?

– Non, juste quelques échanges depuis quinze jours. Juré.

Elle tend la main vers moi, mais je m'écarte légèrement. Elle insiste un peu, puis son bras retombe.

– Jake, pardon. Je voulais juste rendre service.

– Je t'ai demandé quelque chose ?

Ma voix tremble et j'essaie de comprendre ce qui se passe ; je n'arrive pas à détacher mes yeux d'elle.

– D'abord, comment vous êtes en contact ?

Finn lui jette un coup d'œil, puis lève la main :

– C'était...

– C'était moi, reconnaît-elle d'une petite voix. J'ai vu ses messages sur ton ordi et j'ai recopié son adresse.

– Mais c'est moi qui ai continué à lui écrire. Je la harcelais pour savoir comment vous alliez, maman et toi.

La mâchoire crispée, je les regarde l'un après l'autre. J'aurais presque préféré que Mia ait menti en disant que c'était Finn qui avait commencé. Je me serais senti moins trahi. J'aurais eu moins de raisons d'en vouloir à Mia. J'aurais pu essayer de passer au-dessus. J'aurais...

– Tu savais ce que je ressentais à propos de Finn, dis-je très bas. Tu savais ce qui s'était passé quand il est parti. Tu. Savais.

Enfin, elle lève sur moi des yeux tout baignés de larmes.

– Oui, pardon. Je croyais bien faire. Je me disais que si Finn savait où tu en étais, ça le ferait revenir. Et que vous pourriez vous réconcilier et...

– Arrête, maintenant. Arrête !

Chacune de ses paroles me fait trembler de fureur. En outre, quand je les vois ainsi, l'un près de l'autre, telle une équipe soudée, j'ai envie de tout casser. Finalement, je parviens à juste me détourner.

– Assez ! Je ne veux plus rien entendre ni de l'un ni de l'autre.

J'essaie de rentrer dans la maison, mais maman et Madame Le me bloquent le chemin.

– Allons, Jake, donne-lui une chance !

J'éclate d'un rire incrédule.

– Lui donner une chance ? Vous ne vous êtes pas demandé pourquoi je ne répondais jamais à Finn ? Parce que je ne voulais pas que ceci se produise un jour. En fait, c'était la dernière chose que je voulais. Quand je pense que j'ai joué toute cette fausse histoire d'amour pour ne plus jamais voir sa gueule !

Maman semble tomber des nues.

– Qu'est-ce que tu...

– Jake, lance Mia derrière moi. Ne fais pas ça !

– Quoi ? Raconter la vérité ? Pourquoi pas ? On est tous là. Autant leur dire, c'est le moment. Alors voilà, maman, et madame Le, écoutez bien : notre liaison n'était en fait qu'un gros mensonge mis au point par Mia et moi. On croyait qu'il nous suffirait ensuite de simuler une belle rupture pour enfin vous convaincre de nous lâcher. Parce qu'on avait eu beau vous dire depuis des années qu'on ne voulait pas être ensemble, vous ne compreniez rien.

Maman ouvre la bouche, mais je lève la main pour continuer :

– Et vous savez le plus dingue ? La motivation de Mia était de pouvoir enfin sortir ensuite avec d'autres mecs. Quant à moi, c'était pour esquiver cette croisière débile. Parce que je ne voulais pas le voir, lui. Marrant, non ? Bon, à présent que vous êtes au courant, c'est terminé. Maintenant, plus besoin de faire semblant.

Je serais presque amusé par leurs visages effarés. Du moins jusqu'à ce que je découvre celui de Mia. Les bras croisés sur son cœur, elle me fixe d'un air désolé. Ce qui me ramène aux dix petites minutes qui ont précédé, quand on s'embrassait avec tant de bonheur. Quand tout semblait encore parfait.

On dirait que ça remonte à une éternité.

Néanmoins, je fais non de la tête et me détourne d'elle, de tout le monde, pour ouvrir la porte. Je m'arrête devant, lance sans les regarder :

– Vous allez peut-être finir par me croire quand je dis que je n'ai aucune envie de lui « donner une chance. » Je ne tiens pas à faire partie de cette famille. Je veux que vous partiez tous. Laissez. Moi. Tranquille.

Je grimpe dans ma chambre, me jette sur le lit sans allumer, et reste là dans la semi-obscurité, à contempler les ombres au plafond. J'ai mal au crâne comme s'il avait été fracassé.

J'entends en bas l'entrée grincer et se fermer. Puis des pas résonnent dans l'escalier. Un sourd murmure s'élève dans le couloir, mais les pas finissent par s'éloigner. C'est d'abord la porte de maman qui s'ouvre, puis celle de Finn, au bout du couloir. Jusqu'à ce que le silence retombe. Et je me retrouve seul. Tout ce que je veux.

Ce qui ne me rend pas plus heureux pour autant.

MIA

Ça fait trois jours que je n'ai pas pu parler à Jake. Je me suis levée tôt pour le coincer dès le matin ; je me suis plantée devant son casier entre les cours. J'ai même laissé mes stores ouverts afin de le repérer. En vain.

S'il s'était montré tellement doué pour m'éviter jusque-là, voilà belle lurette que nos mères auraient lâché prise.

Je ne suis pas comme ces filles qui noient leur chagrin dans des esquimaux, en même temps, je comprends pourquoi elles le font toutes dans les séries télé. Pour certaines, ça apaise de manger un truc frais et sucré. Je n'ai peut-être pas le cœur heureux, mais l'estomac, oui. Alors, je traîne au lit en dégustant des sorbets à la mangue achetés dans un marché asiatique, avec des mochis au thé vert. Au moins, je pourrai dire que je me nourris presque sainement.

Un peu assommée par tout ce sucre, j'attaque la deuxième boîte de mochis en tournant la bague autour de mon doigt. C'est là que maman m'appelle du rez-de-chaussée.

– Mia, tu as de la visite !

Ce doit être Aly. Elle a promis de venir me chercher avant que je me fasse arrêter pour harcèlement. Encore que, techniquement, on ne harcèle pas vraiment quelqu'un depuis chez soi, juste en regardant par la fenêtre.

Je prends ma glace avec moi et il faut que j'ouvre la porte du perron pour me rendre compte que ce n'est pas Aly qui m'attend, mais un mec aux larges épaules, en jean et polo tricoté. Il se retourne...

Ben.

Au bord de la panique, je lui claque la porte au nez et m'effondre à moitié en me traitant de dégonflée. Ce n'était qu'un réflexe, mais tellement nul. Comme de se planquer lorsqu'on vous envoie une balle. D'autant que la balle en question est le beau mec qu'on vient de tromper. Il y a quelques semaines, j'aurais tué pour pouvoir passer un peu de temps seule avec ce type digne des *Hunger Games*. Sauf que là, c'est à peu près la dernière personne que je voudrais voir.

Je dépose la boîte de mochis sur la table, resserre ma queue-de-cheval pour ne pas avoir l'air trop en vrac, redresse mon tee-shirt avant de rouvrir la porte.

– Salut, Ben. Pardon pour... tout à l'heure. Je ne m'y attendais pas.

– C'est bon, dit-il, les lèvres serrées. Je pourrais te parler une minute ?

– Bien sûr.

Je sors sur le perron, m'adosse à la porte fermée.

– Alors, Mia...

– Excuse-moi pour l'autre soir, dis-je en crispant les mains. Je ne sais pas ce qui s'est passé mais, juré, je n'ai pas voulu ça. Sinon, je ne t'aurais jamais invité. Tu dois me prendre pour un monstre ?

– Je ne...

– Non, bien sûr. Tu es trop gentil. Et parfait. Je t'ai déjà dit que je te trouvais parfait? Et beau gosse. Et intelligent. Super-sexy. Aaah... N'importe quelle fille serait ravie de sortir avec toi. Du moins une fille pas trop débile, comme moi. Apparemment. Parce que je suis stupide.

Il lève la main pour me faire taire.

– Écoute, j'aime bien qu'on me trouve extraordinaire, mais à mon tour maintenant. J'ai juste une chose à te dire, et je m'en vais.

J'ai encore plus honte que tout à l'heure. Je n'ai même pas eu la décence d'aller m'excuser. Enfin, j'ai essayé, le premier jour, et puis Finn est arrivé... Du coup, je me suis retrouvée trop prise avec Jake et j'en ai totalement oublié Ben.

Je pousse un profond soupir.

– Tu as raison. Vas-y.

– Je ne vais pas te mentir, quand je vous ai vus ensemble, Jake et toi, j'étais fou de rage.

– Je sais, désolée...

– Tu me laisses terminer? Il faut que je mette les choses au point. Je sais qu'on se connaissait à peine, mais je t'aimais vraiment bien. Et je croyais que tu éprouvais la même chose. J'avais même annoncé au directeur que je voulais rester ici après mon diplôme. Et puis... je t'ai vue embrasser Jake. Alors que je t'ai demandé un paquet de fois s'il y avait quelque chose entre vous. Comment te dire, je me sentais tellement... tellement...

Frémissante, je me prépare au pire. Il marque un temps d'arrêt et reprend:

– Et puis j'ai repensé aux deux derniers jours et... c'est bon.

– C'est... attends, quoi? Comment ça, bon? J'embrassais un autre mec. Tu devrais m'engueuler.

– Je n'ai jamais su engueuler les filles, dit-il avec un petit rire. Et puis il n'y avait rien d'officiel entre nous. J'aurais dû me douter qu'il se passait quelque chose entre Jake et toi. Tu étais dans ta bulle. Je ne voulais pas le reconnaître, car tu m'attirais trop.

J'en suis toute retournée, sans plus savoir que répondre. « Désolée » ça ne suffit vraiment pas, et puis je pourrai dire tout ce que je voudrai, ça n'arrangera rien.

– Enfin voilà, achève-t-il, c'est ce que je devais te dire. On se voit à la répétition.

– D'accord.

Il descend déjà les marches lorsque je le rappelle :

– Ben? Je tiens quand même à te dire que je suis désolée. Vraiment trop.

Il parvient à me sourire d'un air triste.

– Je sais.

Et il s'en va.

J'ai toujours su que c'était un mec génial, mais je ne m'étais pas rendu compte à quel point. Après ce que je lui ai fait, il trouve encore le moyen de se montrer gentil et... Le parfait second rôle... Ma vie vient de tourner au kdrama.

Dans un gémissement, je m'assieds sur la dernière marche, me frotte les tempes des deux mains.

Quelques minutes s'écoulent et puis la porte d'entrée s'ouvre bruyamment sur maman qui me tend ma boîte.

– Je me suis dit que tu voudrais la récupérer.

– Merci.

Les mochis sont à moitié fondus et je trempe le doigt dans ce mélange verdâtre.

Après une courte hésitation, elle s'assied auprès de moi.

– C'était qui, ce garçon ?

– Euh... c'est une longue histoire.

– Il a quelque chose à voir avec cette fausse relation entre Jake et toi ?

– Dans un sens, tu as raison. On sortait ensemble, mais Jake...

À ma grande surprise, mes yeux s'emplissent de larmes et j'essaie de les chasser. Ça ne sert à rien de pleurer. Ça va juste me gonfler les yeux, encore que ce soit le cadet de mes soucis en ce moment.

– Enfin, ça n'a pas d'importance, parce qu'il n'y a plus de Jake et moi. C'est fini. Par ma faute. Si je m'étais moins mêlée de ce qui ne me regardait pas. J'ai tout gâché.

– Oh, ma chérie ! dit-elle en me prenant dans ses bras. Tu as cru bien faire. Moi, je trouve ça fantastique. Tu as ramené Finn à la maison.

– Mais je n'aurais pas dû le faire dans le dos de Jake.

– C'est vrai, pourtant, tu pensais l'aider. Je suis sûre qu'il va finir par comprendre.

– En attendant, c'est toute notre famille qui... Les Adler ne partageront plus nos vies. Du moins pas comme avant. Comment tu peux accepter ça ?

– Peu importe. Ce qui compte, c'est toi.

– Tu ne nous en veux pas d'avoir menti sur notre relation ?

Elle se fige un peu, me contemple d'un air coupable.

– À vrai dire, Madame Adler et moi le savions depuis longtemps.

Je me détache d'elle au point d'en oublier Jake.

– Pardon ?

– Enfin, au début on vous croyait mais, après en avoir discuté, on a compris que c'était trop facile. Sans compter que vous ne savez pas bien mentir ni l'un ni l'autre.

– Mais... mais si vous saviez, pourquoi avoir fait semblant ?

Elle balaie ses cheveux noirs dans son dos.

– Nous avions l'intention de vous en parler, jusqu'au moment où je me suis rendu compte que c'était un moyen de vous faire passer du temps ensemble. De former un couple. Ce qui marchait beaucoup mieux que toutes nos tentatives pour vous rapprocher, alors on a décidé de jouer le jeu. Et si vous finissiez par rompre, on pourrait se dire qu'on avait au moins essayé.

D'un seul coup, j'éclate d'un rire incontrôlable. Maman me dévisage, l'air de ne pas comprendre, ce qui ne m'en fait rire que plus fort. Les larmes m'inondent le visage et je les essuie encore et encore.

Je n'arrive pas à croire que nos mères nous aient ainsi bernés. On se croyait pourtant doués ; mais tout ce qu'on a fait, les rencards, les surnoms, ça n'a servi à rien, juste à les faire rire dans notre dos.

On se retrouve à obtenir ce qu'on a tant cherché, sauf que ça ne réjouit personne. Surtout pas nous.

– Vous avez l'air de vous éclater, lance la voix d'Aly. Je peux me joindre à vous ?

– Pas si c'est pour m'engueuler.

– Absolument pas. Si tu tiens à déprimer, alors je suis venue déprimer avec toi. J'ai déjà commandé la pizza et pris des pop-corn au caramel. J'ai aussi dressé la liste des cinq kdramas les plus tragiques. Quand on se sera tapé deux heures d'alerte au cancer, de belles-mères autoritaires, de secrets de famille et de disputes sous la pluie, tout ira beaucoup mieux.

Je ne peux m'empêcher de rire, essuie encore des larmes.

– Promis ?

– Bien sûr, dit-elle en m'étreignant. Tout finira par s'arranger. Je te jure sur mon compte Netflix que tout va redevenir normal d'ici un mois.

– Tu crois ? Les vacances approchent.

– Ça prouve à quel point je suis certaine que tout ira bien.

J'aimerais en être aussi certaine qu'elle. Au moins je sais que, quoi qu'il arrive, j'ai encore maman et Aly à mes côtés. Et c'est déjà beaucoup.

JAKE

En entrant dans la cuisine, j'ai la désagréable surprise de trouver Finn tout sourires, assis au comptoir. Depuis qu'il est revenu, je ne vois que lui. Dans la salle de bains quand je me lève. Dans l'entrée quand je vais me coucher. En train de nettoyer le garage quand je rentre du lycée. En gros, je tombe sur lui à chacun de mes pas.

À croire qu'il n'a rien de mieux à faire dans la vie que de m'embêter.

– Salut ! lance-t-il en brandissant une cuillère pleine de céréales. Tu veux des Frosties ?

Je prends du jus d'orange dans le frigo.

– Non merci. Je ne prends pas de petit déjeuner.

– Depuis quand ?

– Depuis trois jours.

– Tu t'es amélioré en humour, en deux ans. J'aime bien ça.

– Qu'est-ce que j'en ai à fiche ? Si tu nous lâchais un peu et retournais dans ton paquebot à la con ? Partir, c'est ce qui te réussit le mieux. Pour ce qu'on en a à faire de toi, maman et moi !

– Ne dis pas ça.

– Je vais me gêner.

Croisant les mains dans sa nuque, il s'adosse à son siège.

– De toute façon, tu ne vas pas croire un mot de ce que je dis, alors qu'est-ce que ça change ?

– Exact. Tu ferais mieux de partir.

– Je ne vais nulle part. Pas tant que tu ne m'auras pas tout dit. Même si tu ne m'écoutes pas, moi en revanche, je t'écouterai.

Pourquoi il s'accroche comme ça ? Croisant les bras, je regarde le plafond.

– Je n'ai plus rien à dire.

– Arrête ! s'écrie-t-il en levant les yeux au ciel. Tu n'es pas nul à ce point. Je vous ai laissés tomber, maman et toi, pendant deux ans. Sans vous dire au revoir. J'ai juste envoyé un texto à maman alors que j'avais déjà passé la frontière du Texas. Tu es furieux contre moi. Reconnais-le. Sauf si tu es trop lâche pour le dire à haute voix.

La mâchoire raide, je dois m'agripper au comptoir pour ne pas lui rentrer dedans.

– Je ne suis pas lâche. Je ne vois pas pourquoi je te parlerais. Je ne l'ai pas fait en deux ans. Pourquoi maintenant ?

Il se lève et se dirige vers la porte, comme pour m'empêcher de sortir, sans lâcher sa cuillère qu'il tient comme une arme.

– Tu étais plutôt bavard, il y a deux jours, sur le perron devant les autres. Maintenant qu'on se retrouve tous les deux, tu n'as plus rien à me dire ? Bon, alors c'est moi qui commence : désolé d'être parti comme ça. Je me suis conduit comme un lâche et un crétin.

– Rien à fiche.

– Attends, Jake. S'il te plaît, je te demande juste de me parler. Ne serait-ce que pour maman.

Je ne sais si c'est parce qu'il a mentionné maman, mais une telle colère me saisit que tout le reste s'embrouille.

– Bon, tu veux que je parle ? Alors, j'y vais.

Je m'écarte de l'évier, prends mon élan et lui balance mon poing dans la figure.

Loin de me calmer, ça ne fait que m'irriter davantage et je lui secoue les épaules. Deux fois.

– Je ne te conseille pas de parler de maman comme si elle comptait pour toi. Si c'était le cas, tu ne l'aurais pas laissée tomber. Elle a sacrifié toute sa vie pour nous élever, et toi tu l'abandonnes. Tu nous abandonnes tous les deux. Tu n'en avais rien à foutre qu'elle pleure toutes les nuits pendant des semaines après ton départ. Je me rappelle encore l'avoir entendue à travers les murs quand elle croyait que je dormais. Comme si...

Je m'apprête à le frapper de nouveau, mais il ne bouge pas, regardant juste mon poing approcher de son visage. Il louche un peu en anticipant la suite sans flancher.

À la dernière seconde, je m'immobilise et laisse ma main retomber. Ma colère fait place à un coup d'épuisement.

– Je ne me rappelle même pas nos vrais parents. Voilà trop longtemps qu'ils sont morts. De toute ma vie, je n'ai connu que toi et maman. Elle est géniale, je l'aime, mais c'était toi qui comptais. Je n'avais que toi. Tu veillais sur moi. On se comprenait. On était là l'un pour l'autre. Et puis, tu es parti sans rien dire. Tu te rends compte du mal que ça m'a fait ?

Je recule un peu, m'adosse au mur.

– Je veux dire, nos parents étaient partis sans le vouloir. Tandis que toi… tu as décidé de ne plus faire partie de ma vie, de ne plus être là pour moi.

– Oui, je sais, soupire Finn, l'air consterné. Désolé. C'était nul.

Je me détourne en déglutissant.

– Comme je t'ai dit, ça n'a plus d'importance. Ça s'est bien passé, sans toi, entre maman et moi. Il aurait mieux valu que tu restes où tu étais. Pourquoi revenir et rabaisser Mia à ton niveau ?

– Moi ? s'esclaffe-t-il. Moi, j'ai rabaissé Mia à mon niveau ? Tu… D'accord, j'ai été nul, mais là, tu l'es presque autant que moi.

– Quoi ?

– Tu lui as brisé le cœur, espèce d'abruti. Tu l'as rendue amoureuse de toi et tu as tout cassé.

– Mais… il n'y a rien entre nous. On faisait semblant de sortir ensemble dans le seul but que maman et Madame Le cessent de nous harceler. Et maintenant, c'est fini.

– Mia n'a pas agi derrière ton dos dans l'intention de te trahir. Elle a fait tout ça pour t'aider. Réfléchis, si elle n'en avait rien eu à faire de toi, elle ne se serait pas donné cette peine.

Comme je ne réponds pas, il me pousse vers la cuisine, prend son portable.

– Attends, je vais te le prouver. Dans chacun de ses mails, elle ne parle que de toi, de son rêve de te voir heureux. Je ne sais pas grand-chose sur votre vraie ou fausse relation ou à quoi vous jouez, mais pas besoin d'être un génie pour comprendre qu'elle est éperdument amoureuse de toi.

Je sais qu'il me provoque, mais je ne peux m'empêcher de demander :

– Ah bon ? De toute façon, ça n'a plus d'importance. Elle n'avait pas à t'envoyer de mails, ni à se mêler de ça. En plus, je ne crois pas un mot de ce que tu racontes.

– Pas la peine, dit-il en plaquant son ordi contre moi. Regarde par toi-même. Lis les messages de Mia, ensuite on en discutera, gros malin. Une fois que tu connaîtras toute l'histoire. Et si tu veux encore m'engueuler après, d'accord, mais seulement après avoir lu ces mails.

Salut, Finn !
Ce paquebot m'a l'air d'être un lieu magique. Peut-être qu'un jour on pourra venir, avec maman. Ce serait particulièrement sympa si on obtenait une réduction. Je ne sais pas si tu peux faire quelque chose pour ça, mais si oui, ne te gêne pas ! Bon, je reconnais que j'ai eu plusieurs fois le mal de mer quand l'ex de maman nous emmenait à la pêche, pourtant je suis sûre que ça se passera bien sur le paquebot.
Je ne savais pas que tu avais gardé contact avec Madame Adler. Jake ne me l'a jamais dit, mais peut-être qu'il n'est pas au courant, lui non plus. En fait, je suis sûre que non. Je sais qu'avec ta maman, ils ne parlent pas beaucoup de toi, et il n'est pas très bavard avec nous non plus sur ce sujet, mais je parie qu'il pense à toi. Parfois, il tapote la table du bout des doigts, comme tu le faisais, toi. Je ne crois pas qu'il s'en rende compte, pourtant j'ai remarqué que ça l'a pris après ton départ. Au début, je peux te dire que c'était plutôt agaçant, mais on finit par s'y habituer.

Pour tout dire, les jours qui ont suivi ton départ ont été plutôt difficiles. Maman emmenait régulièrement Madame Adler faire un tour, pour l'occuper un peu, mais Jake... il restait à regarder la télé toute la journée. Des jeux, des infos, des dessins animés, n'importe quoi. Il gardait les yeux dans le vague et mangeait des chips sans jamais nettoyer les miettes sur le canapé. Je te jure, il restait sur la même chaîne plusieurs jours d'affilée. Je ne l'avais encore jamais vu dans un tel état.

Ensuite, j'ai dû lui faire croire que maman m'envoyait le surveiller un peu. Et puis... je ne voulais pas qu'il reste seul.

Voilà, je ne sais pas pour quelle raison tu es parti et je ne te poserai pas la question. Tout ce que je voudrais savoir, c'est si tu comptes revenir. Parce que tu rates l'occasion de partager la vie de Jake. Et je te tuerai si jamais tu racontes ça à quelqu'un, mais c'est un mec génial.

En plus, il y a un nouveau salon de bubble tea qui vient d'ouvrir dans le coin. On y est allés avec Jake et c'est vraiment délicieux. Tu devrais venir essayer. Je t'invite.

Mia

Salut, Monsieur Superstar,

Les vidéos YouTube de ton spectacle du mois dernier étaient super ! Quelque part tu es différent, en même temps, tu restes exactement le même. Ce doit être le résultat de ces deux années d'absence. En ce qui me concerne, j'ai complètement changé, sans quitter le Texas pour autant, je suis beaucoup plus jolie qu'avant. Non, sérieux.

Si tu veux voir ça de tes yeux, il va falloir faire un saut à la maison !
Jake est resté à peu près pareil. À la maison. Au lycée. Au travail. Ce soir, on est allés dîner avant de voir un film avec deux autres potes. Original, non ?
Cela dit, il y a ce festival la semaine prochaine où Rose a essayé d'entraîner Jake, mais il ne veut pas se lancer. Il prétend que la musique ne l'intéresse plus ; je dirais que c'est du pur baratin. Comment un mec avec tant de talent pourrait s'en fiche ? Tu ne lui dis pas, mais je regarde encore vos anciennes vidéos où vous chantez ensemble. Sa voix me fait du bien.
En fait, je crois qu'il a le trac, il n'en a rien à fiche quand je lui dis qu'il serait fabuleux.
J'espère que tu ne m'en voudras pas, mais je lui ai envoyé les vidéos où tu chantes sur le paquebot. Juste pour voir si ça pouvait provoquer quelque chose en lui. Il n'a pas réagi, mais il ne m'a pas engueulée non plus, alors je considère ça comme un énorme succès. J'essaierai d'insister encore pour qu'il s'inscrive.
Mia

Salut,
Je voulais juste t'écrire en vitesse pour te dire que, finalement, Jake a décidé de chanter au festival ! Génial, non ?
Je suis en train de me préparer, car il vient me chercher pour la soirée. Je ne sais pas trop ce qui l'a fait changer d'avis. Peut-être à cause de ta vidéo, ou parce que j'ai insisté, comment savoir ? (En fait, je suis sûre que c'est moi.) En tout cas,

je suis contente qu'il essaie. Il mérite d'être heureux. Sans compter qu'il a beaucoup de talent, autant en faire profiter le reste du monde.
Les gens vont l'adorer.
Je vais essayer d'enregistrer sa prestation et de te l'envoyer dès cette nuit !
Mia

Je lis et relis tous les courriels durant l'heure qui suit, épluche chaque mot, chaque paragraphe.

Je n'ai aucun mal à imaginer Mia assise en tailleur sur son lit en train de les rédiger, concentrée ; avec peut-être un paquet de chips sur sa table de nuit.

Finn est encore à la cuisine lorsque j'y retourne, cette fois en train de siroter du lait de soja que maman a acheté au marché asiatique avec Madame Le, la semaine dernière.

– Alors ? demande-t-il avec un large sourire.

Il m'agace, mais je ne peux m'empêcher de hocher la tête en lui rendant son ordi.

– Tu as peut-être raison, ce n'est pas totalement sa faute.

– Non. Qu'est-ce que tu comptes faire ?

Question difficile. Je ne sais pas trop. Je suis encore furieux qu'elle ait agi dans mon dos. Pourtant, après avoir lu ces messages, je pourrais difficilement le lui reprocher. D'autant qu'elle me manque atrocement. Quelques jours à peine se sont écoulés, pourtant je voudrais tellement entendre à nouveau ses bêtises et ses rires, qu'elle me fauche mes sandwiches, bidouille ma radio.

– Je ne sais pas.

Cette réponse semble susciter toute la compassion de Finn.

– Tu pourrais peut-être commencer par t'excuser. Et n'attends pas trop longtemps, sinon ça ne marchera plus.

– Alors qu'il t'a fallu deux ans pour présenter tes excuses ?

– À ce sujet, dit-il en regardant ses mains, je veux que tu saches que, si je suis parti, ce n'était pas parce que je m'en fichais de toi. Mais parce que...

– Parce que ?

Maman apparaît soudain sur le seuil et s'adosse à l'encadrement, encore en pyjama et en pantoufles. Celles que je lui ai offertes pour la fête des Mères, l'année dernière.

– Je suis ravie que tu sois revenu, mais voilà des années que cette question m'obsède et que j'avais trop peur de te la poser.

Calé sur son siège, Finn a l'air gêné. Je ne peux retenir un sourire de satisfaction lorsque je me penche vers lui.

– Je ne sais pas, souffle-t-il. Disons que la meilleure explication consisterait à dire que... quelque part, je me sentais coincé à la maison. J'en avais marre d'être le gamin qui avait survécu à l'accident de voiture. Celui qui devait répondre aux attentes de nos parents décédés.

Il se passe les mains dans les cheveux avant de reprendre :

– Je sais que ça semble nul. Moi-même, je ne comprenais pas ce que je ressentais. Seulement je suffoquais, il fallait que je parte, que je m'échappe. Ensuite, j'ai compris que j'avais commis une terrible erreur. Mais j'avais trop honte pour rentrer.

Je ne pense pas qu'une seule de ses paroles puisse me donner envie de lui pardonner, cependant, j'ai de la peine pour lui. Je ne me doutais pas qu'il pouvait ressentir ça. J'ai toujours cru que tout allait bien pour lui. Mais, contrairement à lui, je ne garde pour ainsi dire aucun souvenir des parents, alors que Finn avait déjà cinq ans. Il était assez grand pour comprendre ce qui se passait, pour souffrir de leur absence.

Ce qui a sans doute dû l'affecter beaucoup. Bien plus que je n'aurais cru.

– Oh, mon chéri ! s'écrie maman. Tu aurais dû me dire ce qui t'arrivait. Moi qui croyais que c'était à cause de moi. Que je... n'étais pas une bonne mère. Pas à la hauteur pour mes enfants.

On écarquille tous les deux des yeux horrifiés.

– Comment tu peux croire...

– Mais pourquoi ? demande Finn en l'étreignant. C'est pour toi et pour Jake que j'ai voulu rentrer. Seulement, je ne savais pas comment vous réagiriez. Si vous me pardonneriez. Ça m'a pris du temps. Et puis, Mia m'a dit que si je ne revenais pas maintenant, j'allais perdre ma famille à jamais. Que je serais le dernier des imbéciles si je laissais se produire une chose pareille. Pardon, maman.

– C'est vrai ? dis-je. Je n'ai pas vu ce mail.

– Ce devait être le deuxième ou peut-être le troisième... Je... l'ai effacé sans faire exprès. Je ne sais pas comment elle a pu ainsi me harceler, mais je peux te dire qu'elle connaît pas mal de gros mots.

Maman s'étrangle mais moi, ça me fait rire d'imaginer à quoi peut ressembler ce message.

– Bon, murmure-t-elle en frottant son front contre celui de Finn comme lorsqu'on était enfants, je suis contente qu'elle ait fait ça. Je voulais tant vous retrouver tous les deux dans cette maison !

– Moi aussi, maman.

Ils restent un moment dans cette position et je ne peux m'empêcher d'en éprouver un début de joie. Malgré mon dépit, maman a raison. Ça me fait plaisir de les voir réunis. D'autant qu'ils finissent par m'adresser ensemble un sourire.

– Quoi ? dis-je alors.

– À toi d'avouer quelque chose, dit Finn.

– Je n'ai rien à avouer.

– Attends ! s'exclame maman. Tu es un adolescent. Tu as fait mine de sortir avec quelqu'un, tout ça pour tomber amoureux d'elle. Ne le nie pas. Je suis au courant. Et puis, tu as rompu avec elle. À présent, ton frère parti depuis deux ans revient dans ta vie. Tu es sûr de ne rien avoir à raconter pour soulager ta conscience ?

Elle a une façon de présenter les choses...

– J'ai déjà dit à Finn tout ce que j'avais à lui dire.

– Pas du tout, dément-il. Il y a autre chose. Je le sens.

Il n'est là que depuis quelques jours et il croit déjà tout savoir. Le pire étant que maman semble tout gober.

Haussant les épaules, je ne réponds pas. Maman et Finn échangent un regard entendu, puis se tournent vers moi, l'air d'attendre la suite. Quelques minutes s'écoulent, au cours desquelles on n'entend plus que le tic-tac de la pendule.

– Bon, dis-je alors dans un soupir, tu sais déjà comme je t'en veux de nous avoir laissés tomber, maman et moi.

– Et ?

– Et alors, il a bien fallu que je prenne la relève, que je sois l'homme de la maison, que je fasse tout mon possible pour la rendre heureuse.

Je m'aperçois que je crie de plus en plus fort. Et ça ne fait que commencer. D'un coup, je lâche toute la colère qui m'habitait.

– Tu es parti faire ce que tu voulais tandis que je restais coincé ici.

Malgré la surprise provoquée par mes propres paroles, je ne peux plus m'arrêter. Sauf que maman se précipite pour me prendre dans ses bras. Et... non, elle pleure ? Mon épaule, ma manche entière sont bientôt trempées.

Je ne voulais pas ça. Je le savais pourtant. Il ne fallait pas que je parle.

– Attends, maman, je ne voulais pas dire ça. Je...

– Non, toi tu m'écoutes, Jake Nathaniel Adler. Tu n'as pas pour tâche de me rendre heureuse. C'est à moi de m'assurer que toi, tu sois heureux. En bonne santé. Et que tu mènes la vie qui te plaît.

Elle me frappe dans le dos à chacune de ses paroles, et ça fait mal.

– C'est le seul moyen de me rendre heureuse, ajoute-t-elle. C'est ce à quoi je m'étais engagée quand je vous ai pris tous les deux ici, et je ne l'ai pas regretté une seule minute.

– Mais... je ne sais même plus ce que je veux.

– À vous deux de le découvrir, finit-elle par déclarer en se détachant de moi. Ou plutôt à nous trois de déterminer désormais ce qu'on veut. Comme une famille. D'accord ?

Finn me jette un coup d'œil, comme s'il guettait ma réponse. À vrai dire, j'ai plutôt peur qu'il ne reparte aussitôt mais, par égard pour maman, je cède :

– D'accord.

Avec un sourire éclatant, elle nous frotte la tête à tous les deux.

– Et si on fêtait ça en sortant déjeuner au restaurant ? Bon, je passe quelques coups de fil puis je m'habille. Dans une heure, ça ira ?

– Tout à fait.

Soudain affamé, j'attrape la boîte de céréales qu'il tient encore, m'en sers un grand bol.

Finn lave un peu de vaisselle, puis se retourne vers moi en s'essuyant les mains avec un torchon blanc.

– Je t'ai vu chanter au festival, le week-end dernier.

– Ah bon ?

– Oui, tu étais excellent. Au début, je ne t'ai pas reconnu. Bon, je sais que tu n'as encore rien décidé, mais je trouve que tu devrais vraiment continuer la musique.

Évitant son regard, je repose la boîte en jouant les indifférents. Néanmoins, je m'aperçois que son avis compte beaucoup.

– Je ne sais pas...

– Pas besoin de faire comme moi. Reste ici. Prends des cours de musique ; ne laisse pas tomber.

J'avale une cuillerée sans répondre. Alors, il vient s'asseoir en face de moi, pianote sur le plan de travail.

– Il faut que j'achève mon année sur le paquebot, mais j'envisage d'aller ensuite à l'université. Maman m'a dit que tu pensais à celle de Houston ? J'ai déjà pris contact avec le directeur des admissions pour mon inscription l'année prochaine.

Je manque m'étrangler et Finn doit me taper plusieurs fois dans le dos. Entre ses coups et ceux de maman, je ne serais pas étonné de me retrouver couvert de bleus.

– Tu ne vas... tu ne vas pas aller à l'université avec moi, quand même ?

– Et pourquoi pas ? On se retrouverait à nouveau colocs...

Il m'attrape par le cou, comme quand nous étions gamins.

– Tu te rends compte comme on va se marrer ?

Je le pince sous le bras pour qu'il me lâche.

– Je crois que je préférerais encore redoubler.

– Pigé. De toute façon, je me doute que tu voudras t'y rendre avec Mia. Je ne vais pas tenir la chandelle non plus.

– Oui, au fait...

Il me frappe encore l'épaule en affichant un sourire malicieux :

– Un bon conseil, frangin, ne laisse pas ta fierté l'emporter, au risque de tout perdre.

– Tu as l'air de t'y connaître... Tu as rencontré quelqu'un sur le paquebot ?

– Bon, fini le temps des confessions.

Il se lève, se dirige vers la porte avant d'ajouter :

– Et tu ne diras pas que je ne t'ai pas prévenu. Mais les filles comme Mia ne restent pas disponibles longtemps.

Là, je commence à comprendre où il veut en venir. Et ça m'agace sérieusement. D'autant que je suis aussi furieux contre elle que contre lui. Cependant, ma colère contre Finn s'apaise presque malgré moi. Or si j'en veux à Mia, c'est à cause de lui.

Et puis, Mia ne serait pas Mia si elle ne fourrait pas son nez partout, histoire d'aider son monde. Elle est comme ça, elle sait instinctivement ce dont j'ai besoin, alors que je ne m'en rends pas encore compte. Comme il y a deux ans, quand elle a compris, après le départ de Finn, que je ne voulais surtout pas en parler.

Et si elle se trompait ? Si je n'étais pas prêt ?

Je mélange le reste de mes céréales, mais je n'ai plus faim, si bien que je finis par tout jeter, lave mon bol et le range. Par la fenêtre, je vois que la voiture de Mia est toujours garée devant chez elle.

Je comprends pourquoi elle a fait ça, mais ça ne change rien au fait qu'elle n'aurait pas dû agir dans mon dos. Je crois que c'est ça qui me fait le plus mal. En même temps, elle me manque. Beaucoup. Je suis furieux, et je voudrais quand même la voir. Et lui parler.

Il me reste pourtant un problème à régler : comment m'excuser sans passer pour un abruti complet ?

MIA

Je manque trébucher sur un pot d'orchidées lorsque maman me pousse hors de la maison. Elle est tellement pressée qu'elle serait presque sortie en pantoufles.

– Qu'est-ce qui t'arrive, maman ?

Elle me prend par le bras.

– Il m'est arrivé une drôle d'histoire hier. Je suis allée au garage hier pour récupérer mon sac dans ma voiture, et j'ai trouvé mon pneu à plat. Comme une crêpe. Enfin, Finn a dit qu'il allait venir y jeter un coup d'œil, mais il faut que j'aille faire des courses avec Madame Adler. Alors, tu vois, ce n'est pas moi qui conduirai, finalement.

– Mais...

– Ne t'inquiète pas, je t'ai trouvé un chauffeur.

Comme par hasard, Jake se gare dans notre allée. Le soleil se reflète sur son pare-brise tandis qu'il sort en même temps que sa mère.

– Tu veux que je te dépose ? propose-t-il.

Tout en essayant de réprimer un sourire, je remarque l'air coupable de maman.

– Je croyais que tu avais enfin décidé de ne plus jouer les entremetteuses.

Écarquillant les yeux, elle lève les deux mains :

– Mais c'est vrai ! On ne se mêle plus de vos affaires. Sortez ensemble, ou pas, faites comme vous voulez. Franchement, ça ne nous regarde plus. L'affaire Jakia est officiellement classée.

Madame Adler la rejoint, lui entoure la taille du bras.

– C'est vrai, renchérit-elle. Nous avons mieux à faire que de nous inquiéter sans cesse pour vous. Non seulement nous sommes d'excellentes amies mais nous avons décidé d'aller plus loin en montant une affaire ensemble.

Oubliant Jake un instant, j'interroge maman du regard.

– C'est vrai ?

– Oui. Madame Adler va quitter son emploi pour m'aider non seulement à organiser des mariages mais aussi à monter une société de traiteur.

– J'ai toujours détesté mon boulot, s'exclame Madame Adler en applaudissant. Il y fait trop froid et ça sent les vieux papiers moisis. Avec ta maman, nous allons être très occupées. Beaucoup trop pour nous mêler de vos vies. Désormais, vous allez devoir vous débrouiller sans nous.

– Au fait, reprend maman en regardant sa montre, il faut y aller pour ne pas être en retard à ce rendez-vous avec les Whitmore.

– Tout à fait ! Amusez-vous bien, les enfants. On se revoit au dîner.

Elles s'éclipsent encore plus vite que moi d'un labo de dissection. Et voilà qu'on se retrouve seuls, Jake et moi, à s'observer du coin de l'œil.

Je toussote contre mon poing, envoie promener un caillou sur le trottoir.

– Si je comprends bien, c'est réglé entre Finn et toi ?

Protégeant ses yeux du soleil, il hausse les épaules.

– Pas vraiment. Mais... on va y arriver. Je crois.

– Enchantée de l'apprendre. Bon, je sais que je l'ai déjà dit, mais je regrette d'avoir écrit à Finn dans ton dos. Je croyais que ça t'aiderait. C'était idiot de ma part. Comment pourrais-je savoir ce qu'il te faut ?

Avec un petit rire, il agite la main devant moi pour me faire taire.

– Écoute, je ne sais pas pour toi, mais moi, j'en ai marre d'entendre parler d'excuses. D'accord ?

– Plutôt, oui. J'ai trop prononcé ce mot, ces derniers temps.

Je me mordille les lèvres avant d'ajouter :

– Tu ne m'en veux pas, alors ?

– Si, quand même. Bon, tu avais raison, il fallait que je voie Finn. Pour mettre les choses au point. N'empêche que tu n'aurais pas dû faire ça dans mon dos. Mais tu as de la chance que je tienne trop à toi pour jouer les rancuniers.

– Et nous, alors ? Qu'est-ce que... ?

Au début, il reste immobile, les yeux sur ses chaussures, et je commence à m'inquiéter. Et puis, d'un seul coup, il se précipite, me prend dans ses bras.

– Tout va bien ! Mais tu m'as tellement manqué ! Même quand j'étais furieux contre toi, j'avais envie de te voir.

Ça fait un bien fou ! Je m'appuie sur son épaule, jouant du bout des doigts avec le col de sa chemise.

– Si on allait faire un tour ?

– Euh, là ? Maintenant ?

– Oui, promis, très court.

– ... bon.

Il ne mentait pas en disant que ce serait court car on se contente de traverser la rue pour nous arrêter devant sa maison. Sans me lâcher, il s'allonge sur sa pelouse, m'attire pour en faire autant, mais je reste debout.

– Qu'est-ce que tu fais ? On va être en retard au lycée.

Il me décoche un sourire qui me fait vibrer le cœur.

– Oh, la petite sainte ! Arrête, je voulais juste qu'on s'offre un bon moment. Après tout ce qu'on a vécu, on mérite bien cette pause ensemble.

Sans trop comprendre, je m'assieds à côté de lui.

– Qu'est-ce que tu veux qu'on fasse ici ?

– Ce qui nous plaira, pour une fois. Déjà, si on s'offrait un vrai rencard pour commencer ? Sans que nos mères s'en mêlent. Juste toi et moi.

– Toi et moi. Ça sonne bien...

Avec un petit sourire, je lui passe les bras autour du cou afin de l'attirer vers moi.

– Ça donne envie. Où va-t-on ?

Mes lèvres se posent sur les siennes quand il se redresse en souriant. Enlaçant sa main autour de la mienne, il la porte à sa bouche, m'embrasse les doigts. Lentement. L'un après l'autre. Et mon cœur bat de plus en plus vite.

Finalement, il s'arrête sur mon petit anneau au centre de mon majeur.

– D'abord, annonce-t-il, je retourne à la salle d'arcade pour te gagner une plus belle bague, et que Rose cesse de m'embêter avec ça. Qui sait, peut-être même que je remporterai le collier assorti.

– Là, ça m'étonnerait. Tu n'as pas fait beaucoup de progrès depuis. Mais je pourrai peut-être remporter la petite voiture téléguidée.

Il fait mine de se saisir le cœur.

– La rouge avec des phares ? Ne fais pas de promesses que tu ne pourras pas tenir.

Je pose ma main sur la sienne et là, je ne sais pas si c'est mon imagination mais j'ai l'impression de sentir ses battements sous ma paume. Je souris aussi fort que lui, me penche pour l'embrasser. Du moins j'essaie, mais, encore, il s'écarte au dernier moment. Quoi ? Je fronce les sourcils.

– Qu'est-ce que...

De l'index, il me tape le bout du nez.

– Ce n'est pas le moment.

– Comment ça ? De quoi tu parles ?

Regardant son téléphone, il lève un doigt :

– Encore une minute. Je te promets que ça en vaudra la peine.

Je ne vois toujours pas où il veut en venir.

La joue sur son épaule, je pousse un soupir de bonheur en fermant les yeux. On est si bien ensemble, tant pis pour ce qu'on fait et où. Hier encore, je n'aurais pas cru qu'on pourrait se retrouver ainsi, tous les deux. Alors, je ne bouge pas.

– Prête ?

– Pour quoi ?

Dans un violent craquement, des trombes d'eau nous tombent soudain dessus. Je pousse un cri en essayant de me lever, mais Jake me tient fermement.

– Qu'est-ce que tu fais ?

– T'inquiète, c'est juste l'arrosage automatique. Tu as bien dit qu'il n'y avait rien de plus beau qu'un baiser sous la pluie.

– Quoi ?

Avec un clin d'œil, il se penche sur moi. Des gouttes d'eau tombent de ses boucles humides sur mon visage.

– Je savais que je ne pourrais pas attendre la prochaine averse pour t'embrasser, alors j'ai trouvé cette idée. À présent, tu vas devoir me prouver qu'il n'y a rien de plus beau qu'un baiser sous la pluie, à moins que toutes ces séries, tous ces kdramas ne soient qu'un tas de conneries.

Difficile à croire mais, avec mes cheveux dégoulinant sur le visage, ces herbes et ces insectes collés dans mon dos, cette boue qui me coule le long du jean, ça reste le plus beau jour de ma vie.

Arborant un sourire innocent, je prends son visage entre mes mains, l'attire vers moi.

– Défi relevé. Je saurai te convaincre jusqu'au bout.

– Je compte là-dessus.

Ses lèvres rient encore quand on s'embrasse.

Et j'avais raison, il n'y a rien de plus beau qu'un baiser sous la pluie.